Demian

※

Hermann Hesse

Editores Mexicanos Unidos, S. A.

GRANDES DE LA
LITERATURA

Título original: *Demian: Die Geschichte von Emil Sinclairs Jugend*

D. R. © Editores Mexicanos Unidos, S. A.
Luis González Obregón 5, Col. Centro.
Cuauhtémoc, 06020, Ciudad de México.
Tels. 55 21 88 70 al 74
editmusa@prodigy.net.mx
www.editoresmexicanosunidos.com

Dirección editorial: Alex Laclau Miró
Coordinación editorial: Andrea Jiménez
Diseño de portada: Erick Rodríguez Serrano
Formación y corrección: Equipo de producción
de Editores Mexicanos Unidos, S. A.

Miembro de la Cámara Nacional
de la Industria Editorial. Reg. Núm. 115.

Queda rigurosamente prohibida, sin la autorización escrita de los titulares del Copyright, bajo las sanciones establecidas por las leyes, la reproducción parcial o total de esta obra por cualquier medio o procedimiento, incluidos la reprografía y el tratamiento informático, sin el permiso escrito de los editores.

Reimpresión 2021

ISBN (título)   978-607-14-3183-7
ISBN (colección)   978-607-14-1618-6

Impreso en México
Printed in Mexico

Índice

Prólogo 7

Demian

Capítulo I
Dos mundos 17

Capítulo II
Caín 35

Capítulo III
El mal ladrón 53

Capítulo IV
Beatrice 71

Capítulo V
El pájaro rompe el cascarón 91

Capítulo VI
La lucha de Jacob 107

Capítulo VII
Eva 127

Capítulo VIII
El principio del fin 151

Prólogo

Marco histórico

Hermann Hesse nació en 1877 en un imperio alemán recién formado, en una Europa que por las noches veía a sus aristócratas y burgueses vestir sus mejores ropas para bailar valses. Fue una época de prosperidad que se expandió hasta el principio del siglo xx. En ella, la ciencia fue idealizada como religión, considerada como el único método capaz de llevar al hombre a la verdad. Al fin y al cabo, Darwin había aclarado el origen de las especies mediante la observación y el raciocinio.

Fueron tiempos de paz y tranquilidad en los que progresivamente se reconocieron los valores democráticos y, para 1900, en casi todos los países, había un gobierno representativo del poder del voto de las masas.

Surgió el futurismo en 1909 inspirado por la patafísica de Alfred Jarry, el arte abstracto alrededor de 1910 y el cubismo para 1914, cuyo principal exponente es Pablo Picasso. Alemania experimentó un crecimiento económico y cultural y su industria compitió con la del imperio británico. Freud interpretó los sueños dando cabida a los impulsos y a la espontaneidad, y Einstein redefinió la simultaneidad y la concepción del universo.

Pero eso fue sólo el principio, en realidad el horizonte se pintó de sangre. Con tristeza, el siglo xx será recordado por las dos guerras mundiales, el comunismo ruso, el intento nazi de exterminar a los judíos y la doble caída de la bomba atómica.

El asesinato del archiduque Francisco Fernando, en 1914, desató una serie de decisiones diplomáticas que llevaron al mundo entero a la guerra. Tanto los "aliados" (Francia, Italia, Reino Unido, Rusia y Estados Unidos) como las "potencias centrales" (Austria-Hungría, Alemania, el Imperio Otomano y Bulgaria) creyeron que sería un enfrentamiento breve, pero no fue así; ambos bandos se replegaron en las trincheras y llenaron el suelo de minas.

Las ideas de progreso fueron puestas en duda y la ciencia quedó a las órdenes del ejército, incluso el arte fue cuestionado. En 1916 surgió el dadaísmo, movimiento que se caracterizó por manifestaciones provocadoras con las que los artistas intentaban destruir las convenciones tradicionales, como la de pretender que un mingitorio firmado por varios de ellos fuera una obra de arte.

Europa, repentinamente, se saturó de destrucción y violencia, se intensificó el desarrollo de tanques, aviones, gases asfixiantes y un largo etcétera. Todo cambió de pronto: desapareció el imperio como forma política. Cuatro de los más fuertes cayeron: los zares rusos cedieron ante Lenin y la revolución bolchevique; el imperio otomano quedó reducido a Turquía; el austrohúngaro fue dividido en minúsculas naciones y el alemán quedó reducido tras la firma del tratado de Versalles, lo cual fue visto por el pueblo alemán como una humillación y propició las condiciones sociales y políticas que llevaron al partido nazi al poder.

Después de la guerra, los años veinte fueron una ventana a la tranquilidad, una oportunidad para el progreso en el mundo: entraron en servicio las primeras aerolíneas de pasajeros y las grandes marcas automovilísticas orientaron su mercado hacia las masas. El cine mudo comenzó su vida y para 1927 la invención de la banda sonora reforzó la nueva industria. Hollywood llegó a todas partes. Se produjo una liberación de costumbres y sexualidad, nació el surrealismo y el cine comenzó inmediatamente a crear *sex symbols*. Particularmente, hubo una explosión de la sexualidad femenina: la mujer se pintaba los labios, recortaba sus faldas hasta la rodilla y usaba trajes de baño considerablemente reducidos.

Sin embargo no todo era progreso y *glamour*, distintos bloques se enfrentaban: capitalismo y fascismo contra el socialismo en la Unión Soviética y al mismo tiempo un tímido enfrentamiento entre las naciones industrializadas y la Alemania nazi. En la sociedad alemana de aquellos años, la clase media se veía amenazada, había perdido su seguridad después de la crisis económica de 1929 y su situación era cada vez más precaria mientras el *führer* movilizaba a las masas en un ambiente de miedo.

Hitler llegó al poder en 1933, rápidamente eliminó y persiguió a sus adversarios políticos y proclamó al partido nazi como el único válido. Cumplió su sueño de crear un coche para el pueblo alemán y surgió la Volkswagen y su "escarabajo". Alemania creció militar y económicamente y en 1939 invadió Polonia, dando inicio así a la Segunda Guerra Mundial.

Este conflicto es el más devastador que ha conocido la historia, fotografías llenas de cuerpos mutilados recuerdan el exterminio llevado a cabo en los campos de concentración, imágenes del hongo atómico (una nube de polvo, gases y carne humana que se eleva a más de 18 kilómetros de altura) evocan la aniquilación de Hiroshima y Nagasaki.

Tal guerra es recordada por la indignante manera en que se redujo la condición humana. Los aviones de ambos bandos (Alemania, Italia y Japón como principales potencias de los países de "El Eje", y Francia, Reino Unido, Rusia, China y Estados Unidos del lado de "Los Aliados") dirigieron sus ataques no contra las bases militares enemigas, sino contra las ciudades, contra los civiles. Alrededor de 56 millones de personas fallecieron en esta lucha.

En seis años la concepción del hombre cambió, ahora se sabía capaz de destruirlo todo y dejó demostrado que siempre es viable lo peor. El 30 de abril de 1945 el ejército ruso tomó Berlín. Hitler, oculto en un búnker, se dirigió a su oficina privada, ingirió cianuro y se disparó en la sien. Alemania se rindió sin condiciones el 7 de mayo del mismo año.

La década de los cincuenta estuvo marcada por la Guerra Fría en la que las dos grandes potencias trataron de repartirse el mundo. En esta batalla, un sitio de combate fue Alemania, entonces dividida por un muro, el muro de Berlín.

Ambas potencias se enfrascaron en una carrera armamentista sin precedentes de la que la carrera espacial dio lugar a la llegada del hombre a la luna, fue sólo una parte.

Fuera de Europa el mundo se trasformaba: Mao Tse Tung ondeó la bandera roja en el país más grande del mundo, Corea fue dividida en dos y Cuba, de la mano de Fidel Castro y el *Che* Guevara, expulsaron al dictador Fulgencio Batista del gobierno de la isla, sumando un país más al bloque socialista.

La primera mitad del siglo xx fue de guerras; la segunda fue de lucha entre el capitalismo y el socialismo. Hermann Hesse vivió la primera mitad y alcanzó a vislumbrar lo que sería la segunda: vio con tristeza el ascenso al poder de los nacional-socialistas, conoció el comunismo que se instauró en muchos países, sufrió por la persecución y exterminio de los judíos y entendió en toda su extensión el término *holocausto*.

El autor y su obra

Para Hermann Hesse ser poeta era recorrer un camino que tenía que ver con la propia orientación a través de la vida. Así es su literatura: llena de búsqueda.

Nació en 1877 en Calw, una ciudad al sureste de Alemania, en las cercanías del bosque negro, llamado así por el color del follaje de sus pinos. Perteneció a una familia de misioneros que pasó gran parte de su vida en India y tanto sus padres como su abuelo fueron una gran influencia para él; éste último, no sólo era capaz de hablar fluidamente el alemán, inglés, francés e italiano, sino también de predicar en hindi y bengalí. Conocía, además de las mencionadas, al menos diez lenguas.

Hermann Hesse fue un niño rodeado de misticismo desde sus primeros años, en los cuales ya daba muestras de su carácter. Estuvo en muchas escuelas de las que fue expulsado por mal comportamiento e inadaptación. En 1891 entró a la de teología tan sólo para abandonarla dos años después.

Tuvo fuertes conflictos con sus padres e inclusive llegó a concebir la idea del suicidio. Su adolescencia fue un difícil camino para llegar a ser escritor. Esta rebeldía en contra de la educación formal se refleja en su novela *Bajo las ruedas* (1906).

En 1895, Hesse entró a trabajar en una librería y al final de su jornada laboral de doce horas todavía se quedaba allí, entre los libros. En ese recinto continuó leyendo sobre teología y se familiarizó con los textos de Goethe (autor de *Fausto*, personaje que vende su alma al diablo a cambio de la sabiduría infinita), Lessing, Schiller y con la mitología griega.

En 1899 publicó un libro de poemas titulado *Canciones románticas* y la colección en prosa *Una hora después de media noche*. Ninguna de las dos obras fue bien acogida. Entre 1901 y 1907 escribió tres libros con gran contenido autobiográfico relacionados todos con los problemas de la adolescencia: *Hermann Laucher, Peter Camenzind* (libro que le dio tales regalías que le permitió ser un escritor independiente) y el ya mencionado *Bajo las ruedas*. En está época se casó con María Bernoulli, con quien tendría tres hijos. En su afán por descubrir el mundo en el que vivía, nuestro autor viajaba mucho. En el año 1911 fue a Sri Lanka e Indonesia.

Al iniciar la Primera Guerra Mundial, Hesse, a pesar de haber vivido dos años en Suiza, no quiso eludir su responsabilidad y se enlistó en el ejército. No fue a las trincheras sino que formó parte de una organización cuya principal función era enviar libros a los prisioneros de guerra. Con el paso de los meses Hesse logró sacudirse la psicosis de la guerra e invitó a los intelectuales a no caer en el nacionalismo; además, conminó a los ciudadanos a regresar a la decencia, a la moderación. En 1916 su mundo se desmorona: muere su padre, su hijo cae enfermo y María, su esposa, es recluida en una institución para enfermos mentales. Se ve forzado a buscar ayuda y entonces el Dr. Lang, discípulo de C. G. Jung, lo psicoanaliza.

En 1919 publicó *Demian* bajo el seudónimo de Sinclair (el narrador del libro). Esta novela, en donde se ve la influencia del psicoanálisis, es catalogada como educativa porque muestra el crecimiento del personaje, su niñez y su adolescencia con todos los demonios característicos de esas etapas de la vida.

En este mismo año comenzó a escribir *Siddharta*, obra que refleja su conocimiento acerca de la filosofía y espiritualidad oriental y que fue publicada en 1922. Una vez nacionalizado suizo publica *El Lobo Estepario*, en 1927, libro que se aleja de la filosofía budista y muestra una sociedad caótica donde su personaje principal, Harry Heller, apenas soporta el tedio de vivir y descubre que es un lobo entre los hombres, un intelectual solitario y, por azares del destino, entra al "teatro mágico", lugar donde aprende a reírse de los demás, de sí mismo y de lo que sucede.

Años después, Hesse vio con temor la llegada de los nazis al poder en Alemania. En 1933 ayudó a Bertolt Brecht y Thomas Mann a escapar al exilio. Durante la Segunda Guerra Mundial permaneció en Suiza, país que se declaró neutral a pesar de guardar en sus bancos el oro de Hitler. Entonces nuestro autor se refugió en su obra *El juego de los Abalorios* (novela que tardó once años en terminar) y miró con tristeza y desprecio la barbarie del conflicto.

En 1943 publicó dicha obra en Suiza ya que este mismo año fue incluido en la lista negra nazi. Esta historia se sitúa en el año 2400, en una sociedad corrompida, inundada de guerras, angustia y sufrimiento. Después de la guerra, la producción literaria de Hermann Hesse disminuyó: ya no escribió otra novela.

En 1946 fue galardonado con el premio Nobel y a partir de este momento se dedicó a crear poemas, breves historias y a contestar cartas. En el invierno de 1961 cayó enfermo y se descubrió que había estado sufriendo de leucemia. A sus 85 años de edad Hermann Hesse murió dejando un gran legado literario. Al día de hoy, muchas escuelas en Alemania y Suiza llevan su nombre y miles de personas han leído sus obras.

DEMIAN

La naturaleza del ser humano es compleja, nadie es completamente bueno ni completamente malo (el niño más angelical disfruta echando agua a la hormiga indefensa). El alma del hombre cobija la dualidad: el bien y el mal, lo divino y lo maldito, el día y la noche. El ser humano lucha constantemente contra esas dos facetas ancladas en sí mismo; Hermann Hesse, en *Demian*, ofrece la historia del camino que sigue Emil Sinclair para aceptar sus deseos (no todos, sólo los que realmente anhela), para no preocuparse por la moralidad de una sociedad que tan sólo acepta el envés de la vida: lo bueno, lo luminoso.

Desde el principio de la novela, Emil Sinclair deja en claro que él cree en esta dualidad, explica cómo en su casa, al lado de sus padres, se encuentra rodeado de ese halo de luz tranquilizadora; relata también que el otro mundo siempre estaba presente, siempre lo otro enturbiando su conciencia. Una mentira lo arrastra al otro polo e inicia su crecimiento, de pronto se ve atrapado en el fango y paulatinamente se desprende de él la paz hallada en la casa paterna.

Comienza su soledad, su exaltación y su sufrimiento. Descubre el goce que produce lo prohibido y la pena que infringe la conciencia al recordar lo hecho; un día llega a él la salvación. Demian, un muchacho nuevo en la escuela, ahuyenta a su verdugo y le muestra (con tan sólo un parpadeo) una doctrina, un modo diferente de entender el mundo. Un mundo en donde el bien y el mal coexisten y son parte de lo mismo.

Demian de Hermann Hesse es considerada una novela educativa, una novela que narra en primera persona los problemas de un niño, de un adolescente, de un adulto joven que busca, al igual que todos, crecer, elegir correctamente los pasos que lo llevarán a su destino. Emil Sinclair tendrá que destruir paradigmas materialistas, cuestionar continuamente lo aprendido: la doctrina enseñada; escuchar a distintos maestros (Demian, Pistorius, Eva, etc.), pero, sobre todo, escucharse, aprender de sí mismo, de sus sueños, de sus deseos.

En esta obra, Hermann Hesse vierte su conocimiento de las teorías de Carl Jung, conocimiento adquirido durante sus sesiones de psicoanálisis. Al igual que Jung, Emil Sinclair recrea sus sueños y éstos, trazo a trazo, dibujo a dibujo, muestran lo que está dentro de su alma. "El pájaro rompe el cascarón. El huevo es el mundo. El que quiere nacer tiene que romper un mundo. El pájaro vuela hacia dios. El dios se llama Abraxas".

Demian es un libro lleno de magia, una magia apenas perceptible que se extiende a lo largo de la historia, una magia que invoca casualidades (sincronías en la teoría de Jung), que llama personas.

Para Jung, la *psique* se divide en tres partes: el yo, el inconsciente personal y el inconsciente colectivo (la herencia milenaria, la mística de las religiones, los fantasmas o los sueños paralelos). Es en el inconsciente colectivo donde existen los arquetipos: tendencias innatas a experimentar ciertas cosas de cierta manera. Por ejemplo, todo ser humano nace predispuesto a desear una madre; Emil Sinclair, en su soledad, en ese camino que tan sólo puede recorrer él mismo, sueña con una mujer, esboza el rostro de una mujer y la encuentra, su nombre es Eva. Su sueño lleva el nombre mítico de la madre.

Otro arquetipo es la sombra: el pasado animal del ser humano, los instintos, la parte negativa o diabólica que se vuelve más fuerte cada vez que alguien trata de ser completamente bueno. Emil Sinclair se debate a lo largo de su vida entre estar en el mundo del yo (el luminoso) o en el mundo de la sombra (el oscuro), sin darse cuenta de que toda la raza humana está sumida en ambas partes.

Por último está el arquetipo más importante, el de "sí mismo": la personalidad, la imagen de la perfección anclada en el inconsciente colectivo, la iluminación budista, la imagen de Cristo. Según Demian, esa debería ser la meta de todos, la meta de Emil Sinclair: conocerse para alcanzar la perfección, el balance de los opuestos, la equidad entre el yo y la sombra, el bien y el mal, lo individual y lo colectivo; ser un hombre completo. Es eso lo que representa Abraxas, la divinidad que es buena y mala, el dios y el demonio fundidos en la misma deidad.

Al final, la travesía de Demian y Sinclair termina con la guerra. La Primera Guerra Mundial que cimbró el suelo de Europa, la guerra que cambió las convicciones de raíz, y que trajo consigo el ansiado cambio buscado por Demian; esta catástrofe fue soñada por Jung meses antes del asesinato del archiduque, casi de la misma manera en que Demian la soñara apenas unos días antes de su comienzo. El destino alcanza a los dos héroes de la novela en el instante en que por fin están juntos.

Demian es la historia de cómo Emil Sinclair llega a ser un hombre, de cómo un niño va forjando día a día su personalidad, de cómo el adolescente se equivoca y corrige su camino. Es la búsqueda del propio destino. Es un relato donde se aprenden y se cuestionan el amor, la amistad, la felicidad y, lo más importante de todo, la vida, la vida que cada uno elige llevar.

Malena Lucca.

Demian

Quería tan sólo intentar vivir aquello que tendía a brotar espontáneamente de mí. ¿Por qué había de serme tan difícil?

Para contar mi historia he de empezar muy atrás. Si me fuera posible, debería retroceder todavía mucho más, hasta los primeros años de mi infancia, e incluso más allá, en la lejanía de mi ascendencia.

Los poetas, cuando escriben novelas, suelen hacer como si fuesen dios mismo y pudieran abarcar con su mirada toda una historia humana, comprenderla y exponerla como si el propio dios la relatase, sin velo alguno, descubriendo en todo momento su más íntima esencia. Yo no puedo hacerlo así, como tampoco los poetas. Pero mi historia me es más importante que a cualquier poeta la suya, pues es la mía propia y es la historia de un hombre —no la de un hombre inventado, posible o inexistente en cualquier otra forma, sino la de un hombre real, rico y vivo—. Hoy se sabe menos que nunca lo que es eso, lo que es un hombre realmente vivo, y se lleva a morir bajo el fuego a millares de hombres, cada uno de los cuales es un ensayo único y precioso de la naturaleza. Si no fuéramos algo más que individuos aislados, si cada uno de nosotros pudiese realmente ser borrado por completo del mundo por una bala de fusil, no tendría ya sentido alguno relatar historias. Pero cada uno de los hombres no es tan sólo él mismo; es también el punto único, particularísimo, importante siempre y singular, en el que se cruzan los fenómenos del mundo, sólo una vez de aquel modo y nunca más. Así, la historia de cada hombre es esencial, eterna y divina, y cada hombre, mientras vive en alguna parte y cumple la voluntad de la naturaleza, es algo maravilloso y digno de toda atención. En cada uno de los hombres se ha hecho forma el espíritu, en cada uno padece la criatura, en cada uno de ellos es crucificado un redentor.

Muy pocos saben hoy lo que es el hombre. Muchos lo sienten y, por sentirlo, mueren más aliviados, como yo moriré más aliviado cuando termine de escribir esta historia.

No soy un hombre que sabe. He sido un hombre que busca y lo soy aún, pero no busco ya en las estrellas ni en los libros: comienzo a escuchar las enseñanzas que mi sangre murmura en mí. Mi historia no es agradable, no es suave y armoniosa como las historias inventadas; sabe a insensatez y a confusión, a locura y a sueño, como la vida de todos los hombres que no quieren mentirse más a sí mismos.

La vida de todo hombre es un camino hacia sí mismo, la tentativa de un camino, la huella de un sendero. Ningún hombre ha sido nunca por completo él mismo; pero todos aspiran a llegar a serlo, oscuramente unos, más claramente otros, cada uno como puede. Todos llevan consigo, hasta el fin, viscosidades y cáscaras de huevo de un mundo primordial. Alguno no llega jamás a ser hombre, y sigue siendo rana, ardilla u hormiga. Otro es hombre de medio cuerpo arriba, y el resto, pez. Pero cada uno es un impulso de la naturaleza hacia el hombre. Todos tenemos orígenes comunes: las madres; todos nosotros venimos de la misma sima, pero cada uno —tentativa e impulso desde lo hondo— tiende a su propio fin. Podemos comprendernos unos a otros, pero sólo a sí mismo puede interpretarse cada uno.

Capítulo I
Dos mundos

Comienzo mi historia con un suceso de la época en que yo tenía diez años y asistía al colegio latino de nuestra pequeña ciudad.

Muchas cosas de aquel tiempo exhalan aún para mí su aroma e irradian en mí una suave melancolía y gratos escalofríos medrosos: calles oscuras y claras, casas y torres, campanadas de reloj y rostros humanos, habitaciones llenas de comodidad y de cálido bienestar, habitaciones colmadas de misterio y de hondo miedo a los fantasmas. Huele a calor de intimidad, a conejos y a criadas, a remedios caseros y a fruta seca. Dos mundos fluían allí confundidos; el día y la noche venían de dos polos.

Uno de tales mundos se reducía a la casa paterna, y ni siquiera la abarcaba toda, sino que, en realidad, sólo comprendía a mis padres. Este mundo me era bien conocido en su mayor parte: se llamaba madre y padre, se llamaba amor y severidad, ejemplo y escuela. Sus atributos eran un suave resplandor, claridad y limpieza. Las palabras cariñosas, las manos lavadas, los vestidos limpios y las buenas costumbres tenían en aquél su centro. Sitio donde se cantaba el coral matutino y se festejaba la Nochebuena. En este mundo había líneas rectas y caminos rectos que conducían al porvenir; había el deber y la culpa, el remordimiento y la confesión, el perdón y los buenos propósitos, el amor y la veneración, la palabra de la Biblia y la sabiduría. En este mundo debía uno mantenerse para que la vida fuese clara y limpia, bella y ordenada.

El otro mundo comenzaba, sin embargo, en medio de nuestra propia casa y era completamente distinto, olía de otro modo, hablaba de otro modo, prometía y exigía otras cosas. En este segundo universo había criadas y aprendices, historias de aparecidos y rumores de escándalo; había una abigarrada marea de cosas monstruosas, atrayentes, terribles y enigmáticas, cosas como el matadero y la cárcel, hombres borrachos y mujeres escandalosas, vacas que parían y caballos que resbalaban; relatos de robos, asesinatos y suicidios. En derredor nuestro existían todas estas cosas bellas y espantables, salvajes y crueles; en la calle de al lado, en la casa de al lado, corrían policías y ladrones; hombres borrachos pegaban a sus mujeres, grupos de muchachas salían al anochecer de las fábricas, había viejas que podían embrujarle a uno y hacerle mal de ojo; en el bosque vivía oculta una partida de bandoleros, los guardas jurados perseguían a los incendiarios —en todas partes brotaba y fluía este otro mundo impetuoso, en todas partes menos en nuestras habitaciones, en donde estaban mi madre y mi padre. Y esto era excelente. Era maravilloso que allí, en nuestra casa, hubiera paz, orden y reposo, deber y buena conciencia, perdón y amor—, y era maravilloso que también existiera todo lo demás, lo estruendoso y agudo, sombrío y violento, de lo cual podía uno huir en un instante, refugiándose de un salto al lado de la madre.

Lo más singular era que los dos mundos confinaban uno con otro, estrechamente yuxtapuestos. Así, Lina, nuestra criada, cuando acudía al cuarto de estar a la hora de los rezos vespertinos y se sentaba al lado de la puerta, ambas manos bien lavadas sobre el bien planchado delantal, entonando con su voz clara los himnos religiosos, pertenecía por completo al mundo de mis padres, al nuestro, al mundo luminoso y recto. Pero minutos después, en la cocina o en la leñera, cuando me contaba el cuento del hombrecillo sin cabeza o cuando se peleaba con las vecinas en el tenducho del carnicero, era ya otra, pertenecía al otro mundo, aparecía rodeada de misterio. Así sucedía con todo, y más que nada conmigo mismo. Yo pertenecía, desde luego, al mundo luminoso y recto, era el hijo de mis padres; pero dondequiera que pusiese mi vista o mi oído, encontraba siempre lo otro, y yo mismo vivía también en aquel otro mundo, aunque muchas veces me pareciese extraño e inquietante y acabase siempre por infundirme miedo y enturbiar mi conciencia. Llegó a haber temporadas enteras en las que prefería vivir en el mundo prohibido, y el retorno a la claridad —por necesario y conveniente que fuese— me parecía casi un retorno a algo menos bello, más aburrido y vacío. A veces me daba cuenta de que mi fin en la vida era llegar a ser como mi padre y mi madre, tan claro y puro, tan reflexivo y ordenado. Pero el camino que conducía a aquel fin era muy largo; para llegar a él había que pasar por muchas aulas, se debía estudiar y sufrir muchas pruebas y muchos exámenes, y el camino bordeaba siempre aquel otro mundo más oscuro y se adentraba a veces en él, no siendo nada imposible permanecer y hundirse en su ámbito sombrío. Había historias así, de hijos extraviados, que yo leía con apasionamiento. Lo que más se ensalzaba en ellas, lo que redimía toda culpa, era el retorno al hogar paterno y al bien, y yo sentía que aquello era lo único derecho, bueno y deseable; no obstante, me atraía mucho más aquella parte de la historia que se desarrollaba entre las gentes perversas, entre los perdidos, y si hubiera sido posible me hubiese confesado que a veces era una lástima que el hijo pródigo se arrepintiese y fuera hallado de nuevo. Pero aquello no podía decirse, ni siquiera pensarse. No era en mí más que un vago sentimiento, oculto en lo más íntimo de mi ser, algo como una sospecha o una oscura posibilidad. Cuando me representaba al demonio, podía imaginármelo en las calles, disfrazado o a cara descubierta, en el mercado o en una taberna; pero nunca en nuestra casa.

Mis hermanas pertenecían también al mundo luminoso. Su contextura espiritual me parecía más próxima que la mía a la de nuestros padres. Eran mejores, más juiciosas y más perfectas que yo. Tenían defectos, tenían manías; pero, a mi ver, todo aquello no pasaba de la superficie, no calaba hondo en ellas tanto como en mí. Yo estaba mucho más cercano al mundo oscuro y el contacto con el mal me lo hacía sentir muchas veces con doloroso agobio. Para con las hermanas debían tenerse iguales miramientos y respeto que para con los padres, y cuando se había reñido con ellas sentía uno después, en su propia conciencia, ser el culpable, el que había promovido la discordia, el que debía pedir perdón, pues en las hermanas se ofendía a los padres; ofendía uno al bien y a la autoridad espiritual. Había secretos que yo podía compartir con los pillos más desvergonzados de la calle antes que con mis hermanas. En los días buenos, cuando todo era luminoso y la conciencia reposaba tranquila y limpia, era delicioso jugar con las hermanas, ser bueno y juicioso con ellas y verse uno a sí mismo envuelto en un noble resplandor apacible. Así debían sentirse los ángeles, en los que veíamos la suprema perfección, imaginando la dulce maravilla de ser ángeles, rodeados de suaves músicas y perfumes, como la Nochebuena y la felicidad. Pero tales días, tales horas, eran muy poco frecuentes. En los juegos con mis hermanas, en aquellos juegos buenos, inocentes y permitidos, mostraba yo muchas veces un apasionamiento impetuoso que enfadaba a mis compañeras y nos llevaba a la disputa y a la desgracia, y cuando entonces se apoderaba de mí la cólera, hacía y decía cosas terribles, cuya maldad sentía ya quemarme mientras las hacía y decía. Luego seguían horas difíciles y sombrías de arrepentimiento y contrición y el doloroso instante de pedir perdón. Al fin volvía a mí un rayo de luz, una dicha apacible, reconocida y sin discordia, que duraba unas veces largas horas y otras breves minutos.

Yo asistía al colegio latino. El hijo del alcalde y el del guardabosques mayor —muchachos impetuosos y traviesos, pero que pertenecían al mundo bueno y permitido— formaban parte de la misma clase que yo y venían algunos días a mi casa. Aunque despreciábamos, en general, a los alumnos de la escuela popular, yo me trataba con algunos muchachos de la vecindad que acudían a ella. Con uno de ellos habré de comenzar mi relato:

Una tarde en que no había colegio —tendría yo poco más de diez años—, iba paseando con dos muchachos vecinos míos cuando se nos agregó otro algo mayor que nosotros, un grandulón de unos trece años, fuerte y grosero, hijo de un sastre y alumno de la escuela popular. Su padre era un bebedor impenitente y toda la familia gozaba de dudosa fama. Yo sabía ya muy bien cómo se las gastaba aquel Franz Kromer, le tenía miedo y no me agradó verle unirse a nosotros. Emulaba modales de hombre e imitaba los andares y el lenguaje de los aprendices de las fábricas. Guiados por él bajamos a la orilla del río, junto al puente, y nos ocultamos a los ojos del mundo debajo del primer arco. La estrecha orilla entre el arranque del arco y el perezoso fluir del agua servía de vertedero y aparecía cubierta de escombros, cacharros y trastos rotos, madejas enmarañadas de alambre oxidado y otras basuras. A veces se encontraba entre todo aquello alguna cosa aprovechable. Bajo la dirección de Franz Kromer tuvimos que registrar el vertedero, enseñándole nuestros hallazgos, que él iba guardando en sus bolsillos o arrojaba al agua. Le interesaban especialmente los objetos de plomo, cobre o zinc, y guardó todos los que fuimos encontrando, así como un viejo peine de asta, en forma de cuerno de guerra.

Yo me sentía muy cohibido en su compañía, no porque supiese que mi padre habría de prohibirme todo trato con él si se enteraba de aquel primer encuentro nuestro, sino porque el mismo Franz me inspiraba miedo. De momento, me alegraba que no hiciese conmigo diferencia ninguna, tratándome como a los otros dos. Mandaba y nosotros le obedecíamos, como si ello fuese ya una antigua costumbre, no obstante ser, por mi parte, la primera vez que iba con él.

Por último, nos sentamos en el suelo. Franz escupía al agua, con un aire superior de hombre experimentado; escupía por una mejilla y lanzaba la saliva donde quería. Nos pusimos a hablar y los otros dos chicos empezaron a vanagloriarse de toda clase de travesuras y maldades. Mis dos compañeros se habían desligado de mí desde el primer momento y rendían homenaje a Kromer. Yo me encontraba aislado y sentía que mis vestidos y mis modales habían de incitarlos contra mí. Hijo de familia burguesa y alumno del colegio latino, no podía esperar que Franz Kromer me mirara con simpatía, y sabía que los otros dos me lo reprocharían en cuanto se presentase una ocasión, dejándome en la estacada.

Impulsado por el miedo, comencé yo también a contar. Inventé una gran historia de merodeo y me adjudiqué el principal papel. Ayudado por otro muchacho, había robado, una noche, en una huerta cercana al molino de abajo, un saco entero de manzanas, pero no de las corrientes, sino de las más finas. Huyendo de los peligros del momento, me refugié en aquella historia. Poseía cierta facilidad para inventar y relatar, y el deseo de prolongar lo más posible mi relato para no volverme a ver en la temida situación anterior, empeorada quizá, me llevó a desplegar todo mi arte. Uno de nosotros —continué—

había estado al pendiente, mientras el otro se subía al árbol y tiraba abajo las manzanas, y el saco, lleno hasta los bordes, tenía tanto peso que tuvimos que volverlo a abrir y dejar en el suelo la mitad de las manzanas. Pero al cabo de media hora volvimos por ellas.

Al terminar esperaba alguna muestra de aprobación. Había acabado por entusiasmarme con mi propia mentira, dejándome arrastrar por la fantasía. Pero los dos pequeños guardaron silencio, esperando el juicio de Franz Kromer, quien se me quedó mirando penetrantemente y me preguntó con acento amenazador:

—¿Es verdad eso?

—¡Ya lo creo! —le respondí.

—¿La pura verdad?

—¡La pura verdad!—insistí obstinado, aunque me sentía medio muerto de miedo.

—¿Puedes jurarlo?

Aquello acabó de angustiarme. Pero respondí en el acto afirmativamente.

—Entonces di: lo juro por dios y por mi salvación eterna.

—Por dios y por mi salvación eterna —repetí.

—Está bien —dijo, y se volvió hacia otro lado.

Con esto creía ya conjurado todo peligro y respiré alivio cuando, poco después, se levantó Franz Kromer y propuso el regreso. Una vez arriba, en el puente, intenté tímidamente despedirme, pretextando tener que volver a casa.

—No tengas tanta prisa —rió Franz—. Llevamos el mismo camino.

No me atreví a separarme de ellos. Franz continuó andando despacio y, efectivamente, camino de mi casa. Al llegar a ella y ver la puerta con el grueso llamador de cobre, el sol reflejado en las ventanas y las cortinas del cuarto de mi madre, respiré hondamente. ¡El retorno! ¡El bendito retorno a casa, a la claridad y a la paz!

Rápidamente abrí la puerta, dispuesto a cerrarla enseguida detrás de mí; pero Franz Kromer lo evitó y entró conmigo. En el portal, fresco y sombrío, que sólo recibía luz desde el patio, se acercó a mí, me agarró de un brazo y me dijo en voz baja:

—¡No tengas tanta prisa, tú!

Le miré asustado. Su mano era una argolla de hierro en torno de mi brazo. Me pregunté qué se propondría conmigo y si querría quizá maltratarme. Si grito ahora —pensé—; si grito con todas mis fuerzas, quizá habrá arriba alguien que pueda bajar de prisa a salvarme. Pero no me atreví.

—¿Qué pasa? —pregunté—. ¿Qué quieres?

—Poca cosa. No quiero más que hacerte una pregunta. Los otros no tienen por qué oírnos.

—Bueno. ¿Qué quieres que te diga? Te advierto que me están esperando arriba.

—¿Tú sabes —continuó Franz en voz baja— a quién pertenece la huerta de junto al molino de abajo?

—No; no lo sé. Creo que a Müller.

Franz me había echado el brazo por encima y me apretaba contra él, obligándome a mirarle muy de cerca. En sus ojos brillaba un resplandor perverso, sonreía con malignidad y su cara irradiaba crueldad y poder.

—Yo sí te puedo decir de quién es la huerta. Y sé que han robado allí manzanas y que el dueño ha prometido dar dos marcos a quien le diga quién se las ha robado.

—¡Dios mío! —exclamé—. Pero tú, ¿se lo dirás?

Sentía que sería inútil recurrir a su discreción. Pertenecía al otro mundo; para él no era la traición un crimen. La gente del "otro" mundo no era, en aquellas cosas, como nosotros.

—¿Que no diga nada? —rió Kromer—. ¿Crees acaso que soy un monedero falso y puedo fabricar todas las monedas de dos marcos que quiera? No, amiguito, no; yo soy pobre, no tengo un padre rico como tú, y cuando puedo ganarme dos marcos tengo que aprovechar la ocasión. Quizá me dé más.

Me soltó de repente. Nuestro portal no olía ya a paz y a seguridad. El mundo se me vino abajo. Franz me denunciaría; yo era un delincuente, se lo dirían a mi padre y hasta puede que viniese la policía. Todos los terrores del caos me amenazaban; todo lo feo y todo lo peligroso se alzaba contra mí. El no haber robado realmente no podía salvarme. Además lo había jurado. ¡Dios mío, dios mío!

Mis ojos se llenaron de lágrimas. Adiviné que tenía que pagar mi rescate y busqué desesperadamente en todos mis bolsillos. Ni una manzana, ni un cortaplumas; no tenía nada. De pronto me acordé de mi reloj, un viejo reloj de plata que había pertenecido a mi abuela. Ya no servía, pero yo lo llevaba por el gusto de llevar reloj. Rápidamente lo saqué del bolsillo.

—Escucha, Kromer. No debes denunciarme, estaría muy feo. Mira, te regalaré mi reloj. Siento no tener otra cosa. Te lo doy, es de plata y la maquinaria es muy buena. Tiene una pieza rota, pero puedes mandarlo a arreglar.

Sonrió y tomó el reloj en su mano grande y pesada. Miré aquella mano y sentí cuán profundamente hostil me era y cómo se disponía a caer sobre mi vida y mi tranquilidad.

—Es de plata... —repetí con timidez.

—Me tiene sin cuidado —exclamó con hondo desprecio—. Te lo puedes guardar y mandar a arreglarlo por tu cuenta.

—¡Pero, Franz! —repuse, temblando de miedo a que se fuese—. ¡Espérate un poco! ¡Toma el reloj! Es de plata. De plata legítima. No tengo otra cosa.

Me miró con frío desprecio:

—Bueno, pues ya sabes adonde voy. O también se lo puedo decir a la policía. Conozco al sargento.

Se volvió para marcharse, pero yo le retuve por la manga. No podía ser. Prefería morir a tener que sufrir todo lo que caería sobre mí si Franz se iba de aquel modo.

—Franz —supliqué ronco de espanto—, no hagas tonterías. Es una broma tuya, ¿verdad?

—Sí, una broma; pero a ti te puede costar muy cara.

—¡Pero dime entonces lo que tengo que hacer! ¡Estoy dispuesto a todo!

Me miró, entornando los ojos y se echó a reír de nuevo.

—¡No seas tonto! —exclamó con falsa amabilidad—. Lo sabes tan bien como yo. Me puedo ganar dos marcos y no voy a permitirme el lujo de tirarlos a la calle. En cambio, tú eres rico, tienes hasta un reloj. Dame tú los dos marcos y en paz.

Comprendí su lógica. Pero dos marcos eran para mí una suma tan elevada y tan inalcanzable como diez, ciento o mil. Yo no tenía dinero. En su cuarto, mi madre guardaba una bolsita que contendría algunas monedas de cinco y diez céntimos, producto de las visitas de mis tíos y otras ocasiones similares. Y nada más. Por entonces no me daban aún mis padres ningún dinero para mis gastos.

—No tengo nada —repuse tristemente—. No tengo dinero. Pero te daré todas mis cosas. Tengo un libro de aventuras, una caja de soldados y una brújula. Te los voy a traer.

Kromer contrajo la boca, atrevida y maligna, y escupió en el suelo.

—No digas más estupideces —ordenó—. Puedes guardarte todas tus porquerías. ¡Una brújula! No me enfades más y dame el dinero. ¿Me oyes?

—Pero si no tengo un céntimo. Nunca me dan nada. ¡Qué quieres que haga!

—Bueno, mañana me darás los dos marcos. Te espero abajo, en el mercado, después de clase. Se acabó. Pero, si no me traes el dinero, ya verás.

—¿Y de dónde quieres que lo saque? Si no lo tengo...

—En tu casa hay dinero de sobra. Lo demás es cosa tuya. Mañana, después de clase, ya lo sabes. Y no dejes de llevarme los dos marcos. Si no...

Me disparó una mirada terrible, escupió de nuevo y desapareció como una sombra.

No podía subir a casa. Mi vida había sido destruida. Pensé huir para no volver o ahogarme en el río. Todo ello muy imprecisamente. A oscuras, acurrucado en el último peldaño de la escalera, me entregué a la desdicha. Allí me encontró Lina llorando, al bajar con un cesto para coger leña.

Le pedí que no dijese nada y subí a casa. El sombrero de mi padre y la sombrilla de mi madre colgaban de la percha, al lado de la puerta vidriera. Aquellos objetos exhalaban para mí el dulce perfume del hogar. Mi corazón los saludó suplicante y agradecido como el hijo pródigo la vista y el olor de las viejas estancias de la casa paterna. Pero todo aquello no me pertenecía ya, formaba parte del claro mundo familiar y yo había naufragado culpable en las aguas sombrías. Encadenado a la aventura y al pecado, me amenazaba el enemigo y me esperaban los peligros, el terror y la vergüenza. El sombrero y la sombrilla, el viejo piso de ladrillo, el cuadro grande del vestíbulo y la voz de mi hermana mayor resonando dentro, en el cuarto de estar; todo ello me era más querido, más agradable y precioso que nunca; pero ya no era consuelo y seguro bien, sino severo reproche. Todo aquello no era ya mío; no me era ya posible participar de su serena paz. Traía en mis pies un barro que no podía limpiarme en el tapete de la puerta, traía conmigo sombras de las que nada sabía el claro mundo de mi hogar. Todos mis secretos y mis temores anteriores no habían sido más que un juego, comparado con lo que hoy llevaba conmigo a aquellas habitaciones. La fatalidad me perseguía, se extendían hacia mí manos hostiles, de las cuales no podía protegerme ya mi madre, ni siquiera saber de ellas. Era igual que mi delito hubiese sido un hurto o una mentira (¿acaso no había jurado en vano por dios y por mi salvación eterna?). Mi pecado no era éste o aquél, mi pecado era haberle dado la mano al demonio. ¿Por qué había ido con aquel individuo? ¿Por qué había obedecido a Kromer con más diligencia y sumisión que nunca a mi padre? ¿Por qué había inventado la historia del hurto? ¿Por qué me había vanagloriado de un delito como de un acto heroico? Ahora me tenía sujeto el demonio por la mano y el enemigo me perseguía.

Durante un instante no sentí ya el temor al día siguiente, sino, ante todo, la terrible certidumbre de que mi camino iba ya para siempre cuesta abajo, hacia las tinieblas. Veía claramente que mi culpa había de engendrar nuevas culpas, que mi retorno al lado de mis hermanas, mi saludo y mi beso a mis padres eran una mentira, pues les ocultaba una fatalidad y un secreto que traía conmigo.

La confianza y la esperanza renacieron en mí por unos segundos ante el sombrero colgado en la percha. Se lo confesaría todo a mi padre, acataría su sentencia y su castigo, le haría participar en mi secreto y él me salvaría. Todo quedaría reducido a una penitencia como tantas otras, a una hora dolorosa y amarga, a una contrita demanda de perdón.

Pero no podía ser. Sabía muy bien que no lo haría. Sobre mí pesaba un secreto, una culpa, que yo tenía que devorar solo y por mí mismo. Había llegado quizá al punto en que se bifurcaba el camino y quizá desde aquella misma hora iba a pertenecer ya para siempre a los malos y a tener que compartir sus secretos, depender de ellos, obedecerles y hacerme su igual. Había querido representar el papel de hombre resuelto y sin escrúpulos y ahora tenía que soportar las consecuencias.

Me satisfizo que mi padre me reprendiera al entrar por traer las botas mojadas. Aquello distraía su atención impidiéndole advertir lo peor y soporté en silencio la reprimenda, con el pensamiento fijo en mi secreto. Pero, entre tanto, surgió en mí un singular sentimiento nuevo, un sentimiento perverso y cortante, erizado de traidoras puntas. ¡Me sentía superior a mi padre! Por un momento sentí un cierto desprecio ante su ignorancia. Su reprimenda a causa de mis botas mojadas me pareció mezquina. ¡Oh, si tú supieras! —pensé—, y me sentí como un delincuente al que se juzga por el hurto de un panecillo y tiene sobre su conciencia un asesinato. Era aquel un sentimiento repulsivo, pero muy intenso y me encadenaba con mayor fuerza que ninguna otra idea a mi secreto y a mi culpa. Pensaba que mientras aquí me trataban todavía como a un niño pequeño, Kromer me denunciaría a la policía y las tempestades comenzarían ya a cernirse sobre mí.

De todo este suceso, relatado hasta aquí, fue este momento lo importante y perdurable. Fue una primera desgarradura en la santidad del padre, una primera grieta en los pilares sobre los que habría reposado mi infancia y que todo hombre tiene que destruir antes de poder llegar a ser él mismo. De estos sucesos que nadie ve se compone la línea esencial interna de nuestro destino. La desgarradura, la grieta, se cierra luego, cicatriza y cae en el olvido, pero en nuestra íntima cámara secreta perdura y continúa sangrando.

A mí mismo me espantó en el acto aquel nuevo sentimiento. Hubiera querido arrojarme a los pies de mi padre y besárselos, en prueba de retractación. Pero nunca puede uno retractarse de nada esencial, y esto lo siente y lo sabe un niño tan bien y tan profundamente como cualquier sabio.

Sentía la necesidad de reflexionar sobre mi asunto y buscar caminos para el día siguiente. No pude. Durante todo el resto de la tarde me absorbió la tarea de habituarme al ambiente cambiado de nuestro cuarto. El reloj de pared y la mesa, la Biblia y el espejo, la librería y los cuadros de la pared parecían ir despidiéndose de mí. Con el corazón helado tuve que presenciar cómo se convertía en pasado y se desligaba de mí todo mi universo, toda mi vida dichosa y buena, mientras me sentía sujeto ya al mundo tenebroso y desconocido, arraigado en éste con nuevas raíces que absorbían sus jugos venenosos. Por vez primera saboreé la muerte; la muerte, que sabe amarga porque es nacimiento, porque es angustia y temor ante una terrible renovación.

Llegó, por fin, la hora de acostarme. Pero antes tuve que dejar pasar sobre mí, como un último fuego del purgatorio, los rezos vespertinos, en los que se cantó uno de mis himnos preferidos. Yo no pude unir mi voz a las demás; cada nota era, para mí, hiel y veneno. Al recitar mi padre la acción de gracias, mis labios permanecieron mudos, y cuando terminó con las palabras: "...no retires de nosotros tu bendición", sentí que un brusco sobresalto me apartaba de aquella comunidad. La gracia del Señor estaba con ellos todos, pero ya no conmigo. Aterido y profundamente fatigado me retiré a mi cuarto.

Acostado ya, cuando la tibia seguridad del hogar comenzaba a envolverme cariñosamente, mi corazón retornó a su angustia, errando temeroso en torno a lo pasado. Mi madre había venido, como siempre, a darme las buenas noches; sus pasos resonaban todavía en mi cuarto y el resplandor de la vela se filtraba aún por la rendija de la puerta. Va a volver —pensé—. Se ha dado cuenta de que me pasa algo, y va a volver. Me besará y me preguntará bondadosa y prometedoramente, y podré ya llorar. Se fundirá la piedra que obstruye mi garganta. Me abrazaré a mi madre, se lo contaré todo y me habré salvado. Y cuando la luz se alejó, dejando de penetrar por la rendija de la puerta, todavía permanecí un rato escuchando.

Luego volví a la realidad y miré a mi enemigo cara a cara. Guiñaba un ojo, riendo con su risa grosera y mientras yo le miraba y devoraba en mí lo inevitable, iba haciéndose cada vez más poderoso y repulsivo y su mirada centelleaba con brillo infernal. Hasta que me dormí permaneció a mi lado. Pero luego no soñé con él ni con aquel día. Soñé que íbamos en un bote mis padres, mis hermanas y yo, en medio de la paz y el resplandor de un día de vacaciones. Al despertar a media noche, paladeaba aún aquella bienaventuranza y veía relumbrar al sol los blancos vestidos de mis hermanas, y desde este paraíso caí de nuevo al abismo, y me encontré otra vez ante mi enemigo y su perversa mirada.

Por la mañana, cuando mi madre acudió presurosa diciendo que era ya tarde y preguntándome por qué no me había levantado todavía, me encontró mala cara y, al preguntarme si me sentía enfermo, vomité.

Algo parecía ganarse así. Me gustaba estar un poco malo y poder quedarme en la cama una mañana entera, después de tomar una taza de manzanilla, oír a mi madre arreglar las habitaciones contiguas y a Lina recibir fuera, en el pasillo, al carnicero. La mañana sin colegio era algo encantador y fabuloso, el sol entraba luego en el cuarto y no era el mismo sol contra el cual se corrían en el colegio las cortinas verdes. Pero tampoco aquello tenía ya para mí el buen sabor de otras veces. También había adquirido un sonido falso.

¡Si me muriera! Pero no pasaba de estar un poco malucho, como tantas otras veces, y ello no resolvía nada. Me libraba del colegio; pero no de Kromer, que me esperaba a las once en el mercado. La cariñosa solicitud de mi madre no me significaba esta vez un consuelo; me molestaba y me hacía daño. Fingí dormir y reflexioné. No había remedio, a las once tenía que estar en el mercado. Me levanté, pues, a las diez y dije que ya me sentía bien del todo. Como de costumbre en tales casos, se me dio a elegir entre volver a acostarme o tener que ir al colegio por la tarde. Dije que estaba dispuesto a irme de inmediato al colegio. Me había trazado un plan.

Sin dinero no podía presentarme ante Kromer. Tenía que apoderarme de la bolsita del dinero de mi madre, que me pertenecía. Sabía que no encerraba, ni con mucho, una cantidad suficiente; pero lo poco que en ella hubiese era ya algo, y un vago presentimiento me decía que algo valía más que nada y que, por lo menos, podía amansar a Kromer. Lleno de temor y de angustia me deslicé descalzo en el cuarto de mi madre y saqué la bolsita del escritorio.

Lleno de temor y de angustia, pero, con todo, menos dolorosamente atormentado que el día anterior. Las palpitaciones que me ahogaban aceleraron aún más su violento ritmo al detenerme al pie de la escalera y comprobar que la hucha estaba cerrada. No fue difícil violentarla; bastó arrancar una rejilla de hojalata, pero aquella fractura repercutió dolorosamente en mí. Con ella había cometido ya un robo. Hasta entonces, lo más que había hecho era coger a escondidas algún terrón de azúcar o alguna fruta; pero ahora había robado, aunque aquel dinero fuese mío. Sentía que me había aproximado un trecho más a Kromer y a su mundo, que iba ya deslizándome paso a paso cuesta abajo y abandoné toda resistencia. Ya podía llevarme el diablo;

era tarde para volver atrás. Conté con miedo las monedas. El dinero que antes produjera dentro de la bolsita un sonido abundante, resultaba ahora, en la mano, una miseria. Sesenta y cinco céntimos. Escondí la bolsita en el pasillo de abajo, empuñé el dinero y salí de casa, traspasando el umbral, muy otro, del que nunca lo traspasara. Todavía me pareció oír que alguien me llamaba desde arriba, y apresuré el paso.

Tenía aún mucho tiempo. Anduve dando rodeos por las calles de una ciudad trasformada, bajo nubes nunca vistas, entre casas que me miraban y cruzándome con personas que sospechaban de mí. En el camino recordé que un condiscípulo mío se había encontrado una vez cinco marcos en el mercado de ganados. Hubiese querido rezar para que dios hiciese un milagro y me deparase un hallazgo semejante. Pero no tenía ya derecho a rezar. Y, de todos modos, la bolsita estaba rota, y rota quedaría.

Franz Kromer me vio desde lejos, pero fingió no advertir mi llegada y tardó mucho en ir aproximándose. Cuando estuvo cerca, me ordenó con un gesto que le siguiera y continuó a paso lento, sin volver una sola vez la cabeza. En las afueras ya, junto a las últimas casas, se detuvo delante de una obra. No se trabajaba ya en ella y los muros se alzaban mostrando sus huecos desnudos, sin puertas ni ventanas. Kromer miró en derredor suyo y se internó en la obra, siguiéndole yo. Arrimado al muro me hizo señal de acercarme y extendió la mano.

—¿Me traes eso? —preguntó fríamente.

Saqué del bolsillo la mano en que empuñaba las monedas y las fui dejando caer en su mano abierta. Antes de extinguirse el sonido de la última, las había contado ya.

—Sesenta y cinco céntimos —dijo, y se me quedó mirando.

—Sí —repuse tímidamente—; es todo lo que tengo. Ya sé que es muy poco; pero no tengo más.

—Te creía más listo —me replicó con reproche casi benigno—. Entre caballeros las cosas deben ser más serias. Yo no quiero tomar de ti nada que no sea lo tratado. ¡Guárdate tus cuartos! El otro, ya sabes quién, no intentará regatearme lo prometido. Ése paga bien.

—¡Pero si no tengo más! Son todos mis ahorros.

—Eso es cosa tuya. Pero no quiero hacerte daño. Me debes todavía un marco treinta y cinco céntimos. ¿Cuándo me los vas a traer?

—Te lo traeré, Kromer, puedes estar seguro. Pero exactamente no puedo decirte cuándo. Quizá mañana mismo. O pasado. Comprenderás que no puedo decírselo a mi padre.

—Eso me tiene sin cuidado. Pero ya te digo que no quiero hacerte daño. Ya ves, podía tener mi dinero antes de mediodía, y soy un pobre. Tú llevas buenos trajes y ahora, al mediodía, comerás seguramente mejor que yo. Pero no diré aún nada. Esperaré un poco. Mañana por la tarde silbaré cerca de tu casa y cuando me oigas vendrás a traerme el dinero que falta. ¿Conoces mi silbido?

Moduló cuidadosamente su señal, oída ya por mí muchas veces.

—Sí, sí —contesté—; lo conozco.

Se fue como si nada tuviera que ver conmigo, como si yo no fuese de los suyos. Entre nosotros no había más que un negocio.

Creo que todavía hoy me asustaría el silbido de Kromer si volviese a oírlo de repente. A partir de aquel momento lo oí muchas veces y me parecía estar oyéndolo a cada momento. No había ningún lugar, ningún juego, ningún trabajo ni pensamiento alguno en el que no penetrase aquel silbido que me esclavizaba, aquel silbido que era mi destino, por esta época solía bajar con frecuencia a nuestro jardincito en las plácidas tardes otoñales, tan llenas de color, y un singular impulso me llevaba a renovar juegos de pasadas épocas infantiles, jugando, en cierto modo, a ser un niño más pequeño, todavía bueno y libre, inocente y protegido. Pero en medio de mis juegos, siempre esperado y, sin embargo, siempre terriblemente sobrecogedor e importuno, resonaba desde cualquier lado el silbido de Kromer destruyendo mis imaginaciones. Y entonces tenía que salir, tenía que seguir a mi verdugo a sitios malos y repulsivos, tenía que darle cuenta de mis actos y escuchar sus amenazadoras peticiones de dinero. Todo ello duró quizá algunas semanas; pero a mí me parecieron años enteros, una eternidad. Muy pocas veces conseguía llevarle dinero, una moneda de cinco céntimos robada de la mesa de la cocina cuando Lina dejaba sobre ella la cesta de la compra, y Kromer me reñía y me abrumaba con su desprecio; era yo el que le quería engañar y privar de su derecho a aquel dinero; era yo el que le robaba, yo el que le hacía desgraciado. Muy pocas veces ha llegado luego en mi vida el infortunio tan cerca de mi corazón, y nunca he sentido una mayor desesperanza ni una esclavitud mayor.

Había llenado de fichas la bolsita y la había vuelto a poner en su sitio. Nadie me preguntó por ella. Pero también eso podía caer sobre mí cualquier día. Más que al brutal silbido de Kromer le temía a veces a mi madre cuando la veía acercarse a mí en silencio. ¿No vendría acaso a hablarme de la bolsita?

Como casi siempre llegaba a él con las manos vacías, empezó mi verdugo a atormentarme y explotarme en otra forma. Tuve que trabajar para él. Las comisiones que su padre le encargaba había de hacerlas yo. O me obligaba a ejecutar algo difícil: saltar durante diez minutos a la pata coja o prenderle a alguien una tira de papel en la ropa.

Hubo un tiempo en que llegué a enfermar. Vomitaba con frecuencia y tenía frío todo el día. En cambio, por la noche, me revolvía en la cama, afiebrado y sudando. Mi madre sentía que me pasaba algo, y extremaba su cariñoso interés, que me atormentaba, porque no podía corresponder a éste confiando mi secreto.

Una noche, acostado ya, me trajo un pedacito de chocolate. Constituía aquello un eco de años anteriores, en los cuales, cuando había sido bueno, recibía antes de dormirme un premio semejante. Aquella noche llegó mi madre hasta mi cama y me tendió el trocito de chocolate. Penetrado por una dolorosa emoción, sólo pude mover negativamente la cabeza. Mi madre me preguntó qué me pasaba y me acarició los cabellos. "¡No! ¡No! ¡No quiero que me des nada!", fue lo único que pude responder. Mi madre dejó el chocolate encima de la mesilla de noche y salió de la habitación. Cuando al día siguiente quiso preguntarme de nuevo, hice como si no supiera nada. Una vez trajo a verme un médico que me reconoció y me recetó abluciones frías por las mañanas.

Mi estado durante aquella época fue una especie de locura. En medio de la ordenada paz de nuestra casa, vivía yo huraño y atormentado como un fantasma; no tomaba parte en la vida de los demás, y sólo raras veces conseguía olvidar por una hora. Con mi padre, que más de una vez me interrogó excitado, me mostré impenetrable y frío.

Capítulo II
Caín

MI SALVACIÓN DE AQUELLOS TORMENTOS me llegó de una parte totalmente inesperada, y con ella entró en mi vida algo nuevo, algo que hasta hoy ha seguido actuando sobre ella.

Poco tiempo antes, había ingresado en nuestro colegio latino un nuevo alumno. Era hijo de una viuda acomodada que había trasladado su residencia a nuestra ciudad, y llevaba aún un brazalete de luto en la manga. Asistía a una clase superior a la mía y era algunos años mayor que yo; pero no tardó en atraer mi interés como, en general, el de todos sus condiscípulos. Este alumno singular parecía ser mucho mayor de lo que representaba; no producía en nadie la impresión de un muchacho. Entre nosotros, infantiles aún, se movía aislado y seguro como un hombre. No era nada popular, no tomaba parte en los juegos y mucho menos en las peleas. Sólo el acento resuelto y seguro de sí mismo con que respondía a los profesores agradaba a los demás. Se llamaba Max Demian.

Un día, como ya había sucedido alguna que otra vez en nuestro colegio, hubo que instalar, por no sé qué motivos, una segunda clase en nuestra aula, suficientemente amplia. Esta segunda clase fue la de Max Demian. Nosotros, los pequeños, teníamos clase de Historia Sagrada, y los grandes debían redactar, entre tanto, una composición. Mientras nos explicaban la historia de Caín y Abel, miré muchas veces hacia Demian, cuya fisonomía me fascinaba extrañamente, y vi su rostro inteligente, claro y firme, inclinado con expresión atenta y luminosa sobre su trabajo. No parecía un escolar que desarrolla un tema dado, sino un investigador que persiguiera sus propios problemas. No podía decir que Demian me fuese simpático, por lo contrario, me parecía frío, orgulloso y demasiado seguro de sí mismo, y encontraba que sus ojos miraban ya como los de un hombre maduro, con aquella expresión un poco triste, surcada de relámpagos de burla, que nunca resulta grata a los niños. Me fuera o no simpático, tenía que mirarle sin cesar; pero, apenas levantaba él sus ojos hacia mí, bajaba yo asustado los míos. Al evocar hoy al Demian de nuestra época escolar, veo que era totalmente distinto de todos nosotros y poseía un sello personalísimo y singular que atraía la atención sobre él, pero también que hacía todo lo posible por pasar inadvertido, manteniéndose y comportándose como un príncipe disfrazado que se ve entre muchachos campesinos y se esfuerza por parecer uno de ellos.

Al terminar las clases, salió detrás de mí y, cuando perdimos de vista a los demás, me alcanzó y me saludó. Su saludo, correcto y cortés, fue también el de una persona mayor, aunque Demian tratara de imitar nuestras maneras escolares.

—¿Quieres que vayamos un rato juntos? —preguntó afablemente.

Yo asentí, halagado. Luego le describí dónde vivía.

—¡Ah! ¿Vives en esa casa? —repuso sonriendo—. Ya la conozco. Encima de la puerta hay una cosa rara que me ha interesado desde que la descubrí.

Al principio no supé a qué podía referirse, y me asombró que pareciese conocer nuestra casa mejor que yo mismo. Luego recordé que la clave del arco de entrada ostentaba una especie de escudo medio borrado ya por la acción del tiempo y por sucesivas capas de pintura. Que yo supiera, no tenía relación alguna con nosotros ni con nuestra familia.

—No sé lo que podría ser —dije tímidamente—. Parece un pájaro o algo semejante... Debe de ser muy antiguo. Dicen que la casa perteneció en tiempos al convento.

—Es muy posible —asintió Demian—. De todos modos, míralo bien. Estas cosas resultan a veces muy interesantes. El pájaro creo que es un gavilán.

Anduvimos un buen trecho en silencio, sintiendo yo una cierta turbación embarazosa, hasta que Demian se echó a reír de repente, como si recordase algo divertido.

—¿Qué les contaban hoy en la clase? —dijo vivamente—. La historia de Caín, que llevaba la señal en la frente, ¿verdad? ¿Te gusta esa historia?...

No; pocas veces me había gustado algo de todo lo que debíamos aprender. Pero no me atreví a decirlo, porque me parecía estar hablando con una persona mayor. Contesté, pues, que aquella historia me gustaba mucho.

Demian me dio una palmada en el hombro.

—Conmigo no necesitas fingir, mi estimado. Pero realmente es una historia muy singular; a mi juicio, mucho más singular que la mayoría de las que nos enseñan. Cierto es que el profesor no ha dicho gran cosa sobre ella. Nada más que lo corriente sobre dios, el pecado, etcétera... Sin embargo, yo creo... —Se interrumpió y me interpeló sonriendo—. No sé si te interesan estas cosas...

—Yo creo —continuó— que esta historia de Caín puede interpretarse también de un modo completamente distinto. La mayoría de las cosas que nos enseñan son, desde luego, verdaderas y exactas; pero pueden también ser consideradas desde un punto de vista distinto del de los profesores, y entonces presentan casi siempre un sentido más pleno. Por ejemplo, esta historia de Caín y de la señal impuesta sobre su frente no puede nunca satisfacernos tal y como se nos explica. ¿No te parece? Que un hombre mate a su hermano en una disputa es cosa muy posible, y también lo es que luego sienta miedo y se humille. Pero que su cobardía sea recompensada especialmente con una distinción que le protege e inspira miedo a todos los demás, eso es ya muy raro.

—Desde luego —respondí interesado; aquello comenzaba a intrigarme—. Pero, ¿qué otra explicación puede tener la historia?

Demian me dio una palmada en el hombro.

—Muy sencilla. Lo que existió en un principio y constituyó el punto de partida de la historia fue la señal. Había un hombre cuyo rostro mostraba algo especial, algo que inspiraba miedo a los demás. No se atrevían a tocarle y se sentían cobardes ante él y ante sus hijos. Pero, desde luego, no se trataba de una señal efectiva en la frente, de algo así como un sello de correos; en la vida no suelen pasar las cosas tan toscamente. Se trataba más bien de algo inquietante, apenas perceptible, de un poco más de inteligencia y de osadía en la mirada. Aquel hombre era poderoso e infundía temor. Tenía una "señal". Uno podía explicarse aquello como quisiera. Y "uno" quiere siempre lo que le es más cómodo y le da la razón. Se tenía miedo a los hijos de Caín, marcados con una "señal", y se explicó aquella señal, no como lo que realmente era, como una distinción, sino como todo lo contrario. Se dijo que los hombres marcados con aquella señal eran sospechosos e inquietantes y así sucedía, en efecto. Los hombres valerosos y de carácter han inquietado siempre a la demás gente. Resultaba, pues, harto incómodo que existiese una raza de hombres sin miedo e inquietantes y se le colgó un sobrenombre y una fábula para vengarse de ella y para justificarse un poco del miedo sufrido... ¿Comprendes?

—Sí, creo que sí. Pero entonces Caín no habría sido malo, y toda esa historia de la Biblia sería mentira.

—Sí y no. Estas historias tan antiguas son siempre verdaderas, pero no siempre han sido recogidas y explicadas con plena exactitud.

"En fin, yo opino que Caín era todo un hombre y que si se le colgó esta historia fue porque se le temía. Todo ello no fue, en un principio, más que una murmuración, una de tantas cosas como las que la gente rumora por ahí; pero tenía su fondo de verdad en cuanto Caín y sus hijos llevaban una especie de "señal" y se distinguían de la mayoría de la gente.

Yo escuchaba con asombro.

—Entonces, ¿tú crees que tampoco el asesinato de Abel es verdad? —pregunté intrigado.

—Eso no. Seguramente fue verdad. El hombre fuerte mató a uno más débil. Que éste fuera realmente su hermano es ya más dudoso. Pero no importa; en último término, todos los hombres son hermanos.

"Así, pues, el hombre fuerte mató a uno más débil. Quizá fuese un acto heroico, tal vez no. De todos modos, los demás hombres débiles sintieron miedo y clamaron contra el homicida; pero cuando se les preguntaba por qué no lo mataban a su vez, en lugar de responder: "Porque somos unos cobardes", contestaban: "No es posible. Tiene una señal. Está marcado por Dios". La fábula debió de nacer así... Pero te estoy deteniendo demasiado. Adiós.

Dobló por una calle trasversal dejándome solo y más asombrado que nunca en mi vida. Apenas le perdí de vista, me pareció increíble todo lo que me había dicho. ¡Caín un hombre noble y Abel un cobarde! ¡La marca de Caín una distinción! Todo aquello era absurdo, sacrílego e impío. ¿Y Dios? ¿Qué papel representaba entonces? ¿No había acaso aceptado el sacrificio de Abel? ¿No lo quería? ¡Simplezas! Empecé a sospechar que Demian había querido burlarse de mí. Era un muchacho muy inteligente y hablaba muy bien; pero..., no podía ser...

De todos modos, nunca había reflexionado tanto sobre ninguna otra historia, procediese o no de la Biblia. Ni tampoco había olvidado nunca por tanto tiempo a Franz Kromer: una tarde entera. En mi casa leí de nuevo la historia tal y como figura en la Biblia. Era clara y concisa, y me pareció una locura querer buscarle una interpretación especial y secreta. ¡Cualquier homicida podría entonces declararse favorito de Dios! ¡Un disparate! Sólo quedaba que Demian sabía decir todo aquello de un modo muy atractivo, tan sencilla y fácilmente como si fuera algo natural y conocido. ¡Y cómo miraban sus ojos entre tanto!

Algo quedaba, sin embargo, en mí que se resistía a rechazar definitivamente las palabras de Demian. Yo había vivido en un mundo luminoso y limpio, había sido una especie de Abel, y ahora me hundía profundamente en "lo otro"; había caído muy bajo y, sin embargo, no era, en último término, tan culpable. ¿Cómo podía ser aquello? De pronto, surgió en mí un recuerdo que me dejó sin aliento unos segundos. En aquella tarde en que hubo de empezar mi actual miseria, me había sucedido aquello mismo con mi padre. Durante un instante había sido como si penetrase hasta el más secreto fondo de mi propio padre, de su sabiduría y de su mundo luminoso y los despreciase. Sí, y yo, que era ya Caín y llevaba la señal sobre mi frente, me había imaginado en aquel punto que aquella marca no era un estigma de infamia, sino una distinción y que mi perversidad y mi desgracia me hacían superior a mi padre, superior a los hombres buenos y piadosos.

Todo esto no fue en mí, por entonces, un pensamiento claro; pero lo viví todo en una llamarada de sentimientos, de impulsos singulares, que me hacían daño y, sin embargo, me llenaban de orgullo.

¡Qué extrañamente había hablado Demian de los hombres sin miedo y de los cobardes! ¡Qué singular su interpretación de la señal impuesta a Caín sobre la frente! ¡Cómo resplandecían sus ojos, sus extraños ojos de hombre experimentado, mientras hablaba! De pronto surgió, confusa, una idea. ¿No era acaso el mismo Demian una especie de Caín? ¿Por qué había de defenderle si no se sintiera semejante a él? ¿Por qué tenía aquel poder en la mirada? ¿Por qué hablaba con tanta burla de los "otros", de los temerosos, que eran precisamente los buenos, los que agradaban a Dios?

Estos pensamientos no me llevaron a conclusión alguna. En el pozo había caído una piedra, y el pozo era mi alma joven. Durante mucho tiempo, esta historia de Caín, el homicidio y la señal, fue el punto de partida de todas mis tentativas de conocimiento, duda y crítica.

Observé que también mis demás condiscípulos se ocupaban mucho de Demian. Yo no había contado a nadie nuestra conversación sobre Caín; pero Demian parecía interesar también a otros. Por lo menos, corrían muchos rumores sobre el "nuevo". Si los recordase aún todos, cada uno de ellos arrojaría alguna luz sobre él, cada uno tendría su interpretación. Sólo sé ya que primeramente se dijo que la madre de Demian era muy rica. También se decía que no iba nunca a la iglesia, como tampoco su hijo. Uno pretendía saber que eran judíos, pero también podían ser mahometanos y celebrar en secreto sus ritos. Se contaban además cosas fabulosas de la fuerza física de Max Demian. Desde luego, había humillado terriblemente al más fuerte de su clase, que le había llamado cobarde al negarse Demian a recoger su desafío. Los testigos contaron que Demian no había hecho más que agarrar con una mano a su adversario por la nuca y apretar hasta que el otro palideció intensamente y pidió clemencia, retirándose del campo, maltrecho y confuso. Se dijo que durante varios días no había podido mover los brazos, y una tarde llegó a correr el rumor de que había muerto. Todo esto se afirmaba y se creía durante unos días, produciendo en todos agitación y asombro. Luego, se dejaba de hablar de Demian por algún tiempo. Pero nunca por mucho, pues no tardaban en surgir nuevos rumores; por ejemplo, que Demian trataba íntimamente a varias muchachas y "lo sabía todo".

Mi asunto con Franz Kromer seguía entre tanto su forzada trayectoria. No llegaba a verme libre, pues aunque a veces me dejaba tranquilo días enteros, siempre me sentía encadenado a él. En mis sueños convivía conmigo como mi sombra, y lo que no me hacía sufrir en la realidad, se lo inspiraba mi fantasía en aquellos sueños, en los cuales acababa yo de hacerme esclavo suyo. Terminé por vivir en estos sueños —siempre he soñado mucho— más que en la realidad; aquellas sombras me robaban fuerzas y vida. Entre otras cosas, soñé con frecuencia que Kromer me maltrataba, me escupía y se arrodillaba encima de mí y, lo que era peor, que me inducía a cometer graves delitos o, mejor dicho, me forzaba con su poderosa influencia a cometerlos. El más espantoso de estos sueños, del que desperté medio enloquecido, desarrollaba una tentativa de asesinato contra la persona de mi padre. Kromer afilaba un cuchillo y me lo ponía en la mano; nos guarecíamos detrás de los árboles de una avenida y acechábamos a alguien, yo no sabía a quién; pero cuando alguien vino hacia nosotros y Kromer me apretó el brazo, indicándome que era aquella la persona a la que había de herir, vi que era mi padre. En este punto, desperté.

En medio de todo esto, pensaba algunas veces en la historia de Caín y Abel; pero muy poco ya en Demian. La primera vez que volvió a acercarse a mí fue también singularmente, en un sueño. Soñé, en efecto, una vez más, que era violentado y maltratado; pero en lugar de Kromer era ahora Demian quien hundía sus rodillas en mi cuerpo. Ahora bien —y esto era completamente nuevo y hubo de causarme profunda impresión—: todo lo que había sufrido de Kromer con angustioso tormento y viva repulsión, lo sufría de Demian con agrado y con un sentimiento mixto de júbilo y temor. Dos veces tuve este sueño. Luego, volvió Kromer a ocupar su puesto habitual.

No me es posible ya diferenciar con exactitud lo que viví en estos sueños de lo que viví en la realidad. El caso es que mis desdichadas relaciones con Kromer siguieron adelante, sin interrumpirse cuando, a fuerza de pequeños hurtos, acabé de satisfacerle la suma adelantada. Ahora conocía estos robos —siempre me preguntaba de dónde había sacado el dinero— y me tenía más en su poder que nunca. Muchas veces me amenazaba con decírselo todo a mi padre y, entonces, el temor de que cumpliera su amenaza sobrepasaba apenas mi pesar por no haberlo hecho yo así desde un principio. De todos modos, y no obstante mi honda miseria, no acababa de lamentar todo aquello o por lo menos en todos los instantes, y a veces creía sentir que debía ser así. Sobre mí pesaba una fatalidad y era inútil querer forzarla.

Es de suponer que mi extraño comportamiento hiciera sufrir no poco a mis padres. Un espíritu extraño se había apoderado de mí. No encajaba ya en nuestra comunidad, tan íntima hasta entonces, y que ahora me inspiraba a veces una tremenda nostalgia, como de paraísos perdidos. Mi madre me trataba más bien como a un enfermo que como a un malvado; pero mi verdadera situación se reflejaba mejor en la conducta de mis dos hermanas para conmigo. Muy cariñosa, mi madre me hacía, sin embargo, infinitamente desgraciado, dejando ver que se me consideraba como un poseído, más digno de lástima que de reproche; pero del cual se ha adueñado el mal, al fin y al cabo. Advertía que rezaban por mí de otra manera que hasta entonces, y sentía la inutilidad de aquellas oraciones. A veces experimentaba una imperiosa necesidad de alivio, el ardiente deseo de una confesión general; pero presentía que ni a mi padre ni a mi madre podría revelárselo y explicárselo todo exactamente. Sabía que me acogerían con todo cariño, que se mostrarían indulgentes y hasta compasivos; pero también que no me comprenderían por completo, y que todo aquello sería considerado como una especie de extravío, siendo, como era, pura fatalidad.

Muchos se resistirán a creer que un niño de apenas once años pueda ya sentir así. No escribo para ellos mi relato. Lo escribo para aquellos que conocen mejor al hombre. El adulto, que ha aprendido a trasformar en ideas una parte de sus sentimientos, echa de menos estas ideas en el niño y opina que tampoco existieron los sentimientos. Por mi parte, rara vez en mi vida he vivido y sufrido tan hondamente como entonces.

Un día de lluvia me había citado mi verdugo en la plaza del Castillo y le esperaba allí, removiendo con los pies la hojarasca mojada que aún caía de los negros castaños chorreantes. No tenía dinero, pero había apartado dos trozos de pastel y los traía conmigo para no presentarme a Kromer con las manos vacías. Estaba ya acostumbrado a permanecer así en un rincón cualquiera esperando pacientemente a Kromer, y me resignaba a ello como el hombre se resigna a lo inevitable.

Al fin llegó. Aquel día me entretuvo poco. Me dio un par de puñetazos en las costillas, riñó, tomó los pedazos de pastel, me ofreció un cigarrillo húmedo, que yo rehusé, y se mostró más amable que de costumbre. Al marcharse, exclamó:

—¡Ah! Se me olvidaba decirte que la próxima vez podías traer contigo a tu hermana. A la mayor. ¿Cómo se llama?

Sin acabar de comprenderle, permanecí mudo, mirándole asombrado.

—¿No entiendes? Que tienes que traer a tu hermana.

—Sí; pero no puede ser, Kromer. No debo hacerlo y además ella no querrá venir.

Me figuraba que aquella singular petición no era más que un nuevo pretexto para atormentarme, pues Kromer empezaba muchas veces por exigirme algo imposible y, después de asustarme y humillarme, acababa por aceptar una transacción, teniendo yo que pagar mi rescate con nuevas entregas de dinero u otros presentes.

Pero esta vez se mostró muy distinto. Mi negativa no pareció irritarle.

—Está bien —dijo ligeramente—; ya lo pensarás. Quisiera conocer a tu hermana. Alguna ocasión habrá. Por ejemplo, puedes salir con ella de paseo y hacerme yo el encontradizo. Mañana nos veremos y volveremos a hablar sobre ello.

Cuando Kromer se hubo ido, comencé a darme alguna cuenta de lo que significaba su deseo. Completamente niño aún, sabía, sin embargo, de oídas, que los chicos y las chicas, cuando eran ya algo mayores, podían realizar entre sí ciertas cosas misteriosas, indecentes y prohibidas. Y ahora tenía yo que... de repente vi con claridad lo monstruoso de la nueva exigencia de Kromer, y resolví no prestarme jamás a ella. Pero apenas me atrevía a pensar lo que entonces sucedería y cómo habría de vengarse Kromer de mí.

Desconsolado, atravesé la plaza desierta con las manos metidas en los bolsillos. ¡Nuevos tormentos, nueva esclavitud!

Una voz fresca y grave pronunció de pronto mi nombre. Sentí miedo y eché a correr. Alguien corrió detrás de mí. Una mano me sujetó sin violencia. Era Max Demian.

Me di por detenido.

—¿Eres tú? —pregunté inseguro— ¡Qué susto me has dado!

Me miró fijamente. Nunca me había parecido tanto su mirada a la de una persona mayor, a la de alguien superior y penetrante. Hacía mucho tiempo que no habíamos vuelto a hablar.

—Lo siento —me respondió con su aire peculiar, cortés y decidido al mismo tiempo—. Pero escucha, no debe uno nunca asustarse tanto.

—Hay veces que no se puede remediar.

—Así parece. Pero mira, si te asustas así delante de alguien que no te ha hecho nada, ese alguien empezará a pensar. Se quedará extrañado y empezará a tener curiosidad. Pensará que eres singularmente asustadizo, y se dirá que sólo se es así cuando se tiene miedo. Los cobardes tienen siempre miedo, pero yo no creo que tú seas realmente un cobarde. Aunque tampoco seas un héroe, desde luego. Hay cosas que te dan miedo; también hay hombres a los que tienes miedo. Y esto sí que no debe pasarte. Nunca se debe tener miedo a ningún hombre. A mí, por ejemplo, no me tendrás miedo... ¿o sí?

—No; a ti no...

—¿Lo ves? Pero hay otros a los que sí tienes miedo.

—No lo sé... Déjame. ¿Qué quieres de mí?

Apresuré el paso en un impulso de fuga, pero Demian se mantuvo a mi lado y sentí su mirada sobre mí.

—Suponte que te aprecio bien —comenzó de nuevo—. En todo caso, no tienes por qué tenerme miedo. Me gustaría hacer contigo un experimento. Es muy divertido y aprenderías en él algo muy útil. Escucha. Algunas veces intento practicar un arte que consiste en leer el pensamiento. No tiene nada de brujería; pero, cuando no se conoce el secreto, hace un efecto muy extraño. La gente se queda asombrada... Vamos a probar. He dicho que te aprecio bien, que me intereso por ti, y ahora quisiera saber qué cosas suceden en tu interior. Ya he dado el primer paso. Te he asustado y sé que eres medroso. Hay, por lo tanto, cosas y hombres a los que tienes miedo. ¿Por qué? En general, no hay por qué tenerle miedo a nadie. Cuando se tiene miedo a alguien es porque se le ha dado poder sobre uno. Por ejemplo, hemos hecho algo malo y el otro lo sabe y entonces tiene poder sobre nosotros. ¿Comprendes? Es muy fácil, ¿no?

Le miré perplejo. Su rostro aparecía grave e inteligente, como siempre, y también bondadoso; pero sin rasgo alguno de ternura, más bien severo. En él se pintaba la rectitud o algo semejante. Yo no sabía lo que me pasaba. Demian se alzaba ante mí como un hechicero.

—¿Me has entendido? —preguntó de nuevo.

Yo asentí. Me era imposible decir nada.

—Ya te previne que esto de leer el pensamiento hacía un efecto muy extraño. Pero, en el fondo, es una cosa muy fácil. Podría decirte también lo que pensaste de mí cuando te hablé de la historia de Caín y Abel. Pero esto no tiene nada que ver con nuestro asunto de hoy. No me parece tampoco imposible que después hayas soñado conmigo alguna vez. Dejémoslo también. Eres un muchacho inteligente. ¡Los demás son tan estúpidos! De cuando en cuando me gusta platicar con un chico despierto en el que pueda tener confianza. ¿Te parece bien?

—Ya lo creo. Pero no comprendo...

—Vamos a volver a nuestro divertido experimento. Hasta ahora hemos hallado lo siguiente: Si es un muchacho asustadizo —tiene miedo a alguien—, probablemente comparte con ese otro un secreto que le es muy penoso. ¿Voy bien?

Como en el sueño, me sentía subyugado por su voz y por su poderoso influjo. Me limité a asentir de nuevo. ¿No hablaba acaso una voz que sólo de mí podía brotar, que lo sabía todo, que todo lo sabía mejor y más claramente que yo?

Demian me dio una fuerte palmada en el hombro.

—He acertado, pues. Ya me lo figuraba. Ahora, sólo una pregunta más: ¿Sabes cómo se llama ese muchacho que se marchó de la plaza antes que tú?

Temblé sobrecogido. Mi turbio secreto se estremecía dolorosamente dentro de mí, resistiéndose a salir a la luz.

—¿Qué muchacho? No había ninguno. Estaba yo solo.

Demian se echó a reír.

—Suéltalo ya —dijo riendo—. ¿Cómo se llama?

—¿Te refieres a Franz Kromer? —murmuré.

Aprobó satisfecho.

—¡Bravo! Eres un buen tipo y creo que seremos amigos. Pero ahora voy a decirte una cosa. Ese Kromer, o como se llame, es un mal bicho. Su cara me dice que es un bribón, tú qué opinas.

—¡Oh, sí! —suspiré—. Es terrible. ¡Es un demonio! Pero no debe saber nada de esto. ¡Por dios, que no lo sepa! ¿Le conoces? ¿Te conoce él?

—No tengas cuidado. No anda ya por aquí y no me conoce..., por lo menos todavía. A mí sí me gustaría conocerle. ¿Va a la escuela?

—Sí.
—¿En qué clase está?
—En la quinta. Pero, por dios, no le digas nada. ¡Te lo suplico!
—Tranquilo. No te pasará nada. Probablemente no tendrás ya ganas de contarme algo más sobre ese Kromer.
—¡No puedo! ¡No, déjame!
Demian permaneció un rato en silencio. Luego, prosiguió:
—Lo siento. Hubiéramos podido continuar un poco más el experimento. Pero no quiero atormentarte. Ya te habrás convencido de que ese miedo que le tienes no es nada bueno. Te anula por completo y tienes que libertarte de él. Tienes que libertarte de ese miedo si quieres llegar a ser alguna vez un hombre de verdad. ¿Me entiendes?
—Desde luego. Tienes razón..., pero no es posible. Tú no sabes...
—Ya has visto que sé muchas más cosas de las que te figurabas. ¿Le debes dinero?
—Sí, también. Pero no es eso lo principal. ¡No te lo puedo decir! ¡No puedo!
—Entonces, ¿no serviría de nada que yo te procurase todo el dinero que le debes? Puedo dártelo sin dificultad ninguna.
—No, no es eso. Y no le hables a nadie de esto, te lo ruego. ¡Ni una palabra!
—Confía en mí, Sinclair. Ya me contarás alguna vez tus secretos...
—¡Nunca! —exclamé violentamente.
—Como quieras. Pensaba que quizá te decidirías alguna vez a contarme algo más. Voluntariamente, se entiende. ¿O es que crees que iba a hacer lo mismo que Kromer?
—¡Oh, no!... Pero, por ahora, no sabes nada...
—Absolutamente nada. Pienso nada más en lo que podrá ser. Pero puedes estar seguro de que nunca haré lo que Kromer. Además, a mí no me debes nada.
Durante un buen rato permanecimos callados. Yo me iba sintiendo más tranquilo. Pero las averiguaciones de Demian me parecían cada vez más enigmáticas.
—Tengo que volver a casa —dijo, al cabo, ciñéndose más estrechamente el abrigo bajo la lluvia—. Pero antes quisiera decirte una cosa, ya que hemos llegado tan lejos: tienes que librarte de ese tipo. Si no

hay otro medio, mátalo. Me gustaría que lo hicieras y te admiraría. Incluso puede que te ayudara.

Volví a sentir miedo. La historia de Caín acudió de pronto a mi recuerdo. Sobrecogido, empecé a llorar mansamente. Demasiadas cosas inquietantes rondaban en torno mío.

—Bueno, basta ya —sonrió Max Demian—. Vuélvete a casa. Todo se arreglará. Aunque lo más sencillo sería matarlo. Y en estas cosas lo más sencillo es siempre lo mejor. No estás en muy buenas manos con tu amigo Kromer.

Volví a casa y sentí como si hubiera faltado a ella un año. Todo parecía cambiado. Entre Kromer y yo se alzaba algo como un porvenir, algo como una esperanza. ¡No estaba solo ya! Advertí ahora cuán terriblemente solo con mi secreto había estado semana tras semana. Y en el acto volví a pensar lo que ya tantas otras veces había pasado por mi cabeza: que una confesión ante mis padres me hubiera aliviado; pero no me habría redimido por entero. Ahora casi me había confesado a otra persona, a un extraño, y un presentimiento de redención volaba hacia mí como un intenso perfume.

De todos modos, mis temores tardaron mucho tiempo en desaparecer. Estaba seguro de que aún habría de tener largas y terribles explicaciones con mi enemigo. Mi sorpresa fue así tanto mayor al ver que todo sucedía de un modo silencioso, oculto y sereno.

El silbido de Kromer no volvió a resonar ante mi casa en todo un día, en dos, en tres, durante una semana entera. No me atrevía a creerlo, y en mi interior estaba siempre a la expectativa, temiendo que volviera a sonar de pronto, precisamente cuando empezase ya a no esperarlo. ¡Pero seguía y siguió ausente! Desconfiando de mi nueva libertad, no acababa de creer enteramente en ella. Hasta que un día tropecé con Franz Kromer. Venía calle abajo, en dirección contraria a la mía. Al verme, se estremeció, contrajo el rostro en una horrible mueca y dio media vuelta para no toparse conmigo.

Fue aquel un instante inefable. ¡Mi enemigo huía de mí! ¡Mi demonio me tenía miedo! La sorpresa y la alegría entraron tumultuosamente en mi interior.

Por aquellos días volvió Demian a dejarse ver. Me esperaba delante del colegio.

—¿Qué tal? —le dije.
—Buenos días, Sinclair. Quería saber cómo te va. Kromer te deja ya tranquilo, ¿no?
—Gracias a ti, ¿verdad? Pero, ¿cómo lo has conseguido? ¿Cómo? No entiendo lo que pasa. No he vuelto a saber de él.
—Me alegro. Si alguna vez volviera a molestarte; no creo que lo haga, pero de semejante canalla hay que esperarlo todo, bastará con que le digas que se acuerde de Demian.
—Pero, ¿cómo te las arreglaste? ¿Peleaste con él y le venciste?
—No. No soy aficionado a eso. No he hecho más que hablar con él, como antes contigo, y he podido convencerle de que lo mejor para él es dejarte ya en paz.
—¿No le habrás dado dinero?
—No, amigo; ese remedio ya lo habías probado tú.

Se alejó de mí eludiendo las preguntas con que le agobiaba. Su extraña personalidad siguió inspirándome los mismos confusos sentimientos, mezcla de gratitud y recelo, de admiración y miedo, de simpatía y repulsión interior.

Me propuse volver a verlo pronto y hablar de nuevo con él de todo aquello y de la historia de Caín.

No llegué a hacerlo.

La gratitud no es, en general, una virtud en la que yo crea, y me parecería equivocado exigirla de un niño. No me asombra, por lo tanto, gran cosa la total ingratitud que yo mismo demostré por entonces con respecto a Max Demian. Hoy en día creo firmemente que si Demian no me hubiera libertado de las garras de Kromer, yo habría salido de ellas enfermo y corrompido para toda la vida. Ya por entonces veía yo en esta liberación el mayor acontecimiento de mi joven existencia; pero al propio redentor lo eché a un lado en cuanto hubo realizado el milagro.

Ya he dicho que esta ingratitud no me parece extraña. Lo singular es la falta de curiosidad que demostré en aquella ocasión. ¿Cómo pude seguir viviendo tan tranquilamente un solo día sin tratar de acercarme más a los misterios con los que Demian me había puesto en contacto? ¿Cómo pude refrenar el deseo de oír algo más sobre Caín, sobre Kromer y sobre el arte de leer el pensamiento?

Es apenas comprensible y, sin embargo, es así. Me vi de repente libre de las redes infernales que me tenían preso, vi de nuevo ante mí el mundo, claro y risueño, y dejé de sufrir los accesos de terror y las palpitaciones que me ahogaban. El maleficio había sido roto; yo no era ya un condenado sometido a infinitas torturas, sino de nuevo un vulgar colegial, como siempre. Mi naturaleza procuró recobrar lo más rápidamente posible el equilibrio y la serenidad, y para conseguirlo se esforzó, más que nada en alejar de sí todo lo amenazador y todo lo repulsivo, olvidándolo. Toda la larga historia de mi culpa y de mis terrores escapó con maravillosa rapidez de mi memoria, sin dejar aparentemente en ella cicatrices ni huellas ningunas.

También comprendo hoy que procurase olvidar igualmente y con la misma rapidez a mi salvador. Al abandonar el valle de lágrimas de mi condenación y escapar al terrible yugo de Kromer, huí, con todos los instintos y todas las fuerzas de mi alma maltrecha, a refugiarme allí donde antes me había sentido feliz y contento, retorné al paraíso perdido, que volvió a abrirme sus puertas; al luminoso mundo familiar, a mis hermanas, al aroma de la pureza, a la bondad de Abel, agradable a los ojos de Dios.

Ya el mismo día de mi breve conversación con Demian, cuando, por fin, quedé plenamente convencido de haber recobrado mi libertad, sin pensar en temer a nuevas amenazas, hice lo que tantas veces y con tanta ansia había deseado: confesé. Le enseñé a mi madre la bolsita del dinero violentada y llena de fichas, en lugar de monedas, y le conté cómo mi propia culpa me había tenido mucho tiempo encadenado a un malvado, que se complacía en torturarme. Mi madre no llegó a comprenderlo todo; pero vio la bolsita, vio mis ojos diferentes, oyó mi voz cambiada y sintió que había sanado; que su hijo le era devuelto.

Comenzó entonces para mí, invadido por elevados sentimientos, la fiesta de mi nueva acogida en el hogar, la vuelta del hijo pródigo. Mi madre me condujo a la presencia de mi padre, y tuve que repetirle la historia, entre preguntas y exclamaciones de asombro. Mis padres me acogieron y respiraron libremente, después de una larga pesadumbre. Todo era maravilloso, todo sucedía como en los cuentos, todo se resolvía en una dulcísima armonía.

En esta armonía me refugié apasionadamente. No me saciaba de comprobar que poseía de nuevo la paz y la confianza de mis padres, me convertí en un muchacho modelo, apegado al hogar, y a la hora de los rezos entonaba los viejos himnos amados con toda la nueva emoción de un converso, del hombre a quien acaban de serle perdonadas todas sus culpas.

Y, sin embargo, no era ésta la conducta que hubiera debido seguir. Surge ya aquí la única explicación verdadera de mi olvidadiza ingratitud para con Demian. ¡Era a él a quien hubiera debido confesarme! Esta confesión, menos decorativa y conmovedora, hubiera sido más fructífera para mí. Pero yo me asía con todas mis raíces a mi antiguo mundo paradisíaco, al que había vuelto y donde había sido benignamente acogido y Demian no pertenecía a él en modo alguno, no encajaba él ahí. Aunque de manera muy distinta, era, como Kromer, un corruptor; también él me enlazaba con el "otro" mundo, con el mundo perverso y sombrío del que yo no quería volver a saber nada. No podía ni quería abandonar a Abel y contribuir a glorificar a Caín en el momento preciso en que yo mismo había vuelto a ser un Abel.

Hasta aquí, el proceso exterior. El interior hubo de ser el siguiente: yo me había salvado de las manos de Kromer y de las del demonio; pero no por mi propio esfuerzo. Había intentado caminar por los senderos del mundo, y éstos habían resultado demasiado escabrosos para mí. Rescatado por una mano amiga, corrí ciegamente a refugiarme en el regazo de mi madre, en el seguro redil de una puerilidad resignada y piadosa. Me hice más niño, más pueril y más dependiente de lo que ya era. Libre ya de Kromer, tenía que buscar alguien a quien someterme, pues no podía andar solo, y mi ciego corazón eligió a mis padres, eligió el "mundo luminoso", el viejo mundo querido, aunque sabía ya que no era el único. De no haber obrado así, hubiera tenido que acogerme a Demian y confiarme a él. Si no lo hice, no fue por una justificada desconfianza ante sus extrañas ideas, según creí entonces; fue, sencillamente, por miedo. Pues Demian hubiera exigido de mí mucho más de lo que exigieron mis padres. Habría intentado hacerme más independiente con el estímulo y la exhortación, la burla y la ironía. Hoy sé ya muy bien que nada en el mundo repugna tanto al hombre como seguir el camino que ha de conducirle hacia sí mismo.

Sin embargo, cerca de medio año después, no pude resistir la tentación de preguntar a mi padre, en el curso de un paseo, cómo podía ser que alguna gente proclamase a Caín mejor que Abel.

Muy asombrado, me explicó que aquella doctrina carecía de novedad. Había surgido ya en los primeros tiempos del cristianismo y había sido sostenida por varias sectas, la de los "cainitas", entre ellas. Naturalmente, aquella insensata teoría no era más que una invención del diablo para intentar destruir nuestra fe, pues si se daba la razón a Caín, en contra de Abel, resultaba que Dios se había equivocado, no siendo, por lo tanto, el dios de la Biblia, el único y verdadero, sino un dios falso y deleznable. Los cainitas habían sostenido y predicado, efectivamente, algo semejante; pero esta herejía había desaparecido de la humanidad hacía ya mucho tiempo y mi padre se extrañaba que un condiscípulo mío hubiese llegado a saber algo de ella. De todos modos, me exhortaba seriamente a alejar de mí tales ideas.

Capítulo III
El mal ladrón

Podría contar de mi niñez muchas cosas bellas, delicadas y amables: la apacible seguridad del hogar, el cariño infantil, la vida sencilla y fácil en un ambiente grato, tibio y luminoso. Pero sólo me interesan los pasos que hube de dar en mi vida para llegar hasta mí mismo. Dejo resplandecer en la lejanía todos los puntos de reposo, islas afortunadas y paraísos cuyo encanto gusté, y no deseo volver a ellos.

Al evocar ahora mis años de muchacho no hablaré, pues, sino de aquello nuevo que vino a impulsarme hacia adelante, desarraigándome.

Tales impulsos venían siempre del "mundo sombrío", traían siempre consigo el miedo, la violencia y el remordimiento, y eran siempre revolucionarios y amenazaban la paz en la que me hubiera gustado seguir viviendo.

Vinieron años en los que hube de descubrir de nuevo en mí un instinto primordial que en el mundo luminoso y permitido tenía que disimularse y ocultarse. Como todos los hombres, vislumbré en el lento alborear del sentimiento del sexo la aparición de un enemigo, de un elemento destructor, de algo prohibido, de la tentación y el pecado. Aquello que mi curiosidad buscaba, aquello que inspiraba mis sueños y me infundía placer y miedo al mismo tiempo, el gran misterio de la pubertad, no encajaba en la segura bienaventuranza de mi serena paz infantil. Hice lo que todos: viví la doble vida del niño que ha dejado ya de serlo. Mi conciencia permanecía adscrita al círculo familiar y lícito y negaba el nuevo mundo naciente en tanto yo vivía en mis sueños, instintos y deseos subterráneos, sobre los cuales construía aquella vida consciente; puentes cada vez más inseguros, pues el mundo infantil iba derrumbándose en mí. Como casi todos los padres, no auxiliaron los míos el despertar de los instintos vitales, de los que nunca se habló siquiera entre nosotros. Auxiliaron tan sólo, con inagotable afán, mis vanas tentativas de negar la realidad y continuar habitando en un mundo infantil cada vez más irreal y ficticio. No sé si los padres pueden hacer aquí gran cosa, y nada les reprocho a los míos. Yo debía encontrar mi camino por mí mismo, tarea que me fue tan difícil como a la mayoría de los jóvenes que han recibido lo que se llama una buena educación.

Todos los hombres viven estos momentos difíciles. Para los de nivel general, es éste el punto de la existencia en el que surge la máxima oposición entre el avance de la propia vida y el mundo circundante, el punto en el que se hace más duro conquistar el camino que conduce hacia adelante. Muchos hay que sólo esta vez en la vida pasan por aquel morir y renacer que es nuestro destino, sólo esta vez, cuando todo lo que hemos llegado a amar quiere abandonarnos y sentimos de repente en nosotros la soledad y el frío mortal de los espacios infinitos. Y hay también muchos que se embarrancan para siempre en estos escollos y permanecen toda su vida dolorosamente adheridos a un pasado sin retorno, al sueño del paraíso perdido, el peor y el más asesino de los sueños.

Volvamos ya a la historia. Las sensaciones y los sueños en que se me anunció el término de la niñez no tuvieron importancia bastante para ser contados aquí. Lo principal fue que el "mundo sombrío", el "otro", se alzaba de nuevo ante mí. Lo que un día había sido Franz Kromer, alentaba ahora dentro de mí. Y con ello, también desde el exterior volvió el "mundo sombrío" a adquirir poder sobre mí.

Desde mi aventura con Kromer habían pasado ya varios años. Aquella época dramática y culpable de mi vida me era ya muy lejana y parecía haberse esfumado como una breve pesadilla. Franz Kromer había desaparecido hacía mucho tiempo ya de mi vida, y apenas si lo tomaba en cuenta cuando me lo encontraba. En cambio, la otra figura principal de mi tragedia, Max Demian, no desaparecía nunca por completo de mi horizonte, aunque durante mucho tiempo permaneciese lejos, allá en los bordes, visible, pero inactivo. Al fin, se fue aproximando poco a poco, irradiando de nuevo energías e influencias.

Intento recordar lo que supe del Demian de aquella época. Creo que durante todo un año, o quizá más, no hablé con él ni una sola vez. Le evitaba, y él no hacía nada por buscarme. Cuando nos encontrábamos me saludaba amistosamente, sin detenerse. Alguna vez me pareció advertir en su expresión amable un rasgo sutil de burla o de irónico reproche; pero quizá fueran imaginaciones mías. La historia que yo había vivido con él y la extraña influencia que por entonces había ejercido sobre mí parecían haber sido olvidadas, tanto por él como por mí.

Sin embargo, al tratar ahora de evocar su figura, veo que su presencia aparece ligada a muchos momentos de aquella época y que yo me daba cuenta de ello. Le veo ir camino del colegio, solo o entre otros alumnos del grupo de los mayores, y le veo marchar entre ellos silencioso, solitario e incógnito, como un astro rodeado de atmosfera propia y obediente a leyes particulares. Nadie le quería, nadie intimaba con él, sólo su madre; pero también sus relaciones con ella parecían más bien las de dos personas igualmente maduras, que las de madre e hijo. Los profesores le importunaban lo menos posible. Era un buen alumno; pero no intentaba hacerse agradable a ninguno, y de cuando en cuando llegaba a nosotros el rumor de alguna frase suya, alguna glosa o alguna réplica opuestas por él a los profesores y que no dejaban nada qué desear en lo que tocaba a provocación e ironía.

Cierro los ojos, recordando, y veo surgir su imagen. ¿Dónde fue? Sí, ya lo tengo. Fue en nuestra calle, frente a nuestra casa. Dibujaba en un cuadernito el viejo escudo tallado sobre la puerta. El escudo del pájaro. Yo estaba en una ventana, detrás de los visillos, y veía con profundo asombro su rostro atento, claro y frío, el rostro de un hombre, de un investigador o de un artista, reflexivo y penetrado de voluntad, singularmente claro y frío, con ojos que sabían.

De nuevo le veo. Era a media tarde y en la calle. Volvíamos todos del colegio y nos habíamos agrupado en derredor de un caballo caído.

Enganchado todavía a las varas de un carro, yacía en el suelo, respirando anhelante y dolorido, con los ollares dilatados y sangrando por una herida invisible. El blanco polvo de la calle se empapaba lentamente de rojo a uno de sus costados. Cuando volví la vista, apartándola de aquel angustioso espectáculo, mis ojos hallaron el rostro de Demian. No se había adelantado, y permanecía detrás de todos, aislado y libre, como siempre. Su mirada parecía fija en la cabeza del caballo, y mostraba de nuevo aquella atención profunda, serena, casi fanática y, sin embargo, exenta de pasión. Permanecí largo rato mirándole, y sentí entonces, lejano a mi conciencia, algo muy singular. Vi el rostro de Demian y vi ya que no solamente era el de un muchacho, sino el de un hombre; vi incluso algo más: creí ver o sentir que tampoco era sólo el rostro de un hombre, sino también algo distinto. Era como si en él hubiera también algo de un rostro de mujer, y además, por un momento, aquel rostro no me pareció ya viril o infantil, maduro o joven, sino, en cierto modo, milenario; en cierto modo, ajeno al tiempo, sellado por edades distintas a la que nosotros vivimos. Los animales podían presentar un aspecto semejante, o los árboles, o las estrellas. Yo no lo sabía. No sentí exactamente por entonces esto que ahora describo; pero sí algo análogo. Tampoco supe a punto fijo si la figura de Demian me atraía o me repelía. Sólo vi que era distinto de nosotros, que era como un animal, o como un espíritu, o como una pintura; pero distinto, inefablemente distinto de todos nosotros.

Nada más me dice mi recuerdo, y hasta es posible que alguna parte de lo dicho provenga de impresiones posteriores.

Pasaron varios años antes de que mis relaciones con Demian volvieran a hacerse más estrechas. Demian no había recibido la confirmación con todos los demás alumnos de su grupo, según era costumbre en el colegio, y este hecho había despertado de nuevo los más diversos rumores sobre él. Volvió a decirse en el colegio que Demian era judío, o más bien pagano, y otros afirmaban que, tanto él como su madre, negaban toda religión o pertenecían a una secta legendaria y maldita. En relación con esto creo haber oído también expresar la sospecha de que Demian vivía con su madre como con una amante. Lo más probable es que viniera educándose fuera de toda confesión, hasta un momento en que se hizo de temer algún perjuicio para su porvenir. El caso es que su madre se decidió a hacerle confirmar dos años después que sus compañeros y de este modo comenzó a asistir conmigo a la instrucción religiosa preparatoria.

Durante algún tiempo me mantuve alejado de él. Se encontraba demasiado rodeado de rumores y misterios; pero lo que realmente estorbaba mi acercamiento era la conciencia de estarle obligado, conciencia que perduraba en mí desde mi aventura con Kromer. Además, precisamente por aquellos días me daban muchísimo quehacer mis propios secretos. Para mí, la época de la enseñanza religiosa preparatoria de la confirmación coincidió con la del esclarecimiento decisivo de las cosas sexuales y, a pesar de mi buena voluntad, esta coincidencia amenguó mucho mi interés por los temas piadosos. Las cosas de las que nos hablaba el profesor de religión quedaban lejos de mí, en una serena irrealidad sagrada; muy bellas quizá y muy valiosas; no eran ni actuales ni incitantes, y aquellas otras cosas que me preocupaban lo eran precisamente en el más alto grado.

Conforme esta disposición de ánimo me iba haciendo cada vez más indiferente a la enseñanza, fue acercándose cada vez más mi interés a Max Demian. Parecía haber algo que fuese enlazándonos. Trataré de seguir paso a paso este proceso con la mayor exactitud posible. Que yo recuerde, comenzó en una de las primeras clases matinales, encendidas todavía las luces del aula. Nuestro profesor de religión había llegado a hablar de la historia de Caín y Abel sin que yo me diese apenas cuenta. Estaba todavía adormilado y no prestaba atención ninguna. De pronto, elevó el profesor la voz y comenzó a glosar apasionadamente el tema de la marca de Caín. En aquel mismo instante sentí algo como un contacto o una llamada, y al levantar los ojos vi el rostro de Demian vuelto hacia mí desde los primeros bancos y clavándome su mirada serena y retadora, entre burlona y severa. Aquella mirada duró sólo un momento y en el acto me puse a escuchar con avidez las palabras del profesor; le oí hablar de Caín y de su marca, y sentí hondamente en mí la conciencia de que aquello no era como el profesor nos lo enseñaba, que podía interpretarse de un modo muy distinto y que la explicación que nos daba podía ser objeto de crítica.

En este momento quedó establecido de nuevo un enlace entre Demian y yo. Y lo más singular fue que, apenas surgió en el alma este sentimiento de una cierta unión, lo vi cumplido, como por arte de magia, en el espacio. Al poco tiempo y sin que yo supiera si se trataba de una iniciativa suya o de una pura casualidad —por entonces creía yo en las casualidades—, Demian cambió de sitio en la clase de religión, viniendo a sentarse delante de mí (todavía recuerdo cuánto me agradaba aspirar, en medio de la miserable atmosfera de hospicio de la clase repleta, el fresco olor a jabón que exhalaba su nuca), y algunos días después volvió a trasladarse y se sentó a mi lado, donde permaneció ya todo el invierno y toda la primavera.

Las clases matinales cambiaron por completo. No eran ya monótonas y aburridas. Las esperaba con impaciencia. Algunas veces escuchábamos ambos con la mayor atención las explicaciones del maestro. Una mirada de mi vecino bastaba para señalarme un hecho curioso o un texto singular, y otra cierta mirada, inconfundible, servía para ponerme en guardia y despertar en mí la crítica y la duda.

Pero otras muchas veces nos comportábamos como malos alumnos y no escuchábamos nada de la lección. Demian se mostraba siempre juicioso ante los profesores y ante sus condiscípulos. Nunca le vi hacer ninguna travesura tonta de colegial. Jamás se le oyó reír o hablar alto en la clase ni se ganó ninguna reprimenda del profesor. Pero muy bajito y más que con palabras con signos y con miradas, sabía hacerme partícipe de las ideas que le ocupaban. Éstas eran a veces extraordinariamente singulares.

Así me comunicó un día cuáles eran los alumnos que le interesaban y de qué modo los estudiaba. Había algunos a los que ya conocía muy bien. Antes de comenzar la clase, me decía: "Cuando yo te haga una señal con el dedo pulgar, Fulano o Mengano se volverá hacia nosotros o se rascará el cogote"... Luego durante la clase, cuando apenas me acordaba ya de sus predicciones, volvía Demian repentinamente el dedo pulgar hacia mí, con brusco ademán significativo y, al dirigir yo rápido mis ojos hacia el alumno predeterminado, le veía siempre realizar el gesto anunciado, como si le tiraran de un hilito. Yo importuné a Max para que intentase también aquel experimento con el profesor; pero no quiso. Sólo una vez lo practicó para auxiliarme al decirle yo que aquel día no había estudiado la lección y temía que el párroco me preguntase. En el aula, el profesor, que era también el párroco buscó con la vista un alumno a quien hacer recitar un trozo del catecismo, y su mirada errante se detuvo en mi rostro culpable. Lentamente vino hacia mí y extendió la mano señalándome; pero cuando ya tenía mi nombre en los labios sintió algo que le distraía o le inquietaba, se entretuvo nerviosamente con el alzacuello, dio unos pasos hacia Demian, que le miraba fijo a los ojos, pareció querer preguntarle algo, tosió un poco, dio media vuelta y designó a otro alumno.

Poco a poco, entre aquellas bromas que tanto me divertían, fui advirtiendo que mi amigo se traía frecuentemente conmigo el mismo juego. A veces, camino del colegio, experimentaba de pronto la sensación de que Demian venía detrás de mí, y al volver la cabeza lo veía efectivamente acercarse.

—¿Puedes, de verdad, hacer que otro piense lo que tú quieras? —le pregunté.

Me respondió afablemente, en su estilo claro, reposado y maduro:

—No —dijo—, eso no es posible. Nuestra voluntad no es libre, aunque el párroco sostenga lo contrario. Nadie puede pensar lo que quiere ni hacer pensar a otro lo que a él se le antoje. Lo que sí se puede es observar bien a alguien, y entonces es posible acertar muchas veces lo que piensa o lo que siente en un momento dado y anunciar lo que hará en el momento siguiente. Es muy sencillo; pero la gente no lo sabe. Claro está que es preciso ejercitarse un poco. Hay, por ejemplo, entre las mariposas, una cierta especie nocturna, en la cual las hembras son mucho menos frecuentes que los machos. Las mariposas se reproducen del mismo modo que todos los demás insectos: el macho fecunda a la hembra, que luego pone huevos. Cuando se captura una de estas hembras —el hecho ha sido comprobado por numerosos naturalistas—, los machos acuden al lugar donde se le mantiene prisionera desde varios kilómetros de distancia, volando muchas horas a través de la noche. ¡Fíjate bien! Desde varios kilómetros de distancia sienten los machos la presencia de la única hembra existente en el entorno. Se ha intentado hallar una explicación a este hecho; pero es muy difícil. Los machos tienen quizá extraordinariamente desarrollado el sentido del olfato, como los buenos perros de caza, que saben hallar y seguir un rastro imperceptible. ¿Comprendes? La naturaleza está llena de cosas de estas, que nadie consigue explicar. Pero yo me digo que si entre estas mariposas fueran las hembras tan frecuentes como los machos, no tendrían éstos seguramente un olfato tan fino. Si lo tienen es porque se han visto precisados a ejercitarlo y a intensificar su sensibilidad. Cuando un animal o un hombre orienta toda su atención y toda su voluntad hacia una cosa determinada, acaba por conseguirla. Y lo mismo pasa con lo que antes decíamos. Si observamos a un hombre con atención suficiente, acabaremos por saber de él mucho más que él mismo.

Las palabras "adivinación del pensamiento" acudieron a mis labios y estuve a punto de pronunciarlas y recordar con ellas a Demian la historia de Kromer, tan hundida ya en el pasado. Pero entre nosotros parecía existir un singular acuerdo tácito: ni él ni yo hacíamos nunca la menor alusión a su decisiva intervención en mi vida, años atrás. Era como si jamás hubiera habido antes algo entre nosotros o como si cada uno de nosotros estuviera firmemente convencido de que el otro lo había olvidado. Una vez o dos tropezamos con Franz Kromer yendo juntos, y ni siquiera entonces cambiamos una mirada ni hablamos palabra sobre él.

—No acabo de entenderte bien —objeté—. Primero afirmas que nuestra voluntad no es libre y luego dices que para alcanzar una cosa basta con que orientemos firmemente hacia ella toda nuestra voluntad.

" Pero si no soy dueño de mi voluntad tampoco podré orientarla a mi arbitrio en un sentido determinado.

Me dio una palmada en el hombro, como siempre que algo mío le agradaba.

—¡Así me gusta! —exclamó riendo—. Hay que preguntar siempre, hay que dudar siempre. Pero la cosa es muy sencilla. Si una de esas mariposas nocturnas de las que hablábamos pretendiese orientar toda su voluntad hacia una estrella o hacia cualquier otro fin semejante, no lo conseguiría. Pero no lo intenta siquiera. Busca sólo aquello que tiene para ella un sentido y un valor, algo que le es necesario y de lo que no puede prescindir. Y precisamente entonces es cuando consigue también lo increíble: desarrollar un sexto sentido, que sólo ella posee entre todos los animales. Nosotros, los hombres, tenemos un campo de acción mucho más rico e intereses más amplios que los animales. Pero también nos hallamos inscritos en un círculo relativamente pequeño y no podemos traspasarlo. Yo puedo fantasear muchas cosas, imaginarme, por ejemplo, que mi mayor deseo sería llegar al Polo Norte, o algo semejante; pero sólo podré quererlo así con suficiente intensidad y realizarlo cuando el deseo viva realmente en mí y todo mi ser se halle penetrado de él. En cuanto así sucede, en cuanto intentas algo que te es ordenado desde el propio interior, acabas por conseguirlo, y puedes uncir tu voluntad como un buen animal de tiro. Si yo me propusiera ahora, por ejemplo, que nuestro párroco no volviese a usar gafas, no conseguiría nada. Sería tan sólo un juego. Pero cuando este otoño pasado surgió en mí la firme voluntad de mudar de sitio en la clase, todo sucedió a maravilla. De pronto se presentó un chico, que hasta entonces había estado enfermo y cuyo apellido comenzaba por una letra anterior a la inicial del mío, y como alguien tenía que hacerle sitio en los primeros bancos, fui yo, desde luego, quien le cedí el mío, precisamente porque mi voluntad se encontraba ya preparada para aprovechar la primera ocasión.

—También yo advertí por entonces algo muy singular —confirmé—. Desde el momento en que empezamos a interesarnos el uno por el otro, te fuiste acercando cada vez más a mí. ¿Cómo fue? Al principio no llegaste, desde luego, a sentarte a mi lado, sino que te sentaste un par de veces delante de mí, ¿no? ¿Cómo lo hiciste?

—Las cosas pasaron así. Cuando comencé a sentir el deseo de mudar de sitio no sabía con certeza adonde quería ir a parar. Sabía tan sólo que quería sentarme más atrás. Mi voluntad era reunirme contigo, pero no se había hecho consciente. Al mismo tiempo, tu voluntad tiró de mí, ayudando a la mía. Sólo cuando llegué a sentarme delante de ti noté que mi deseo se había cumplido ya a medias, y me di cuenta de que todos mis manejos habían obedecido al propósito de ir a sentarme a tu lado.

—Pero entonces no se presentó ningún otro alumno nuevo que te facilitase el cambio de sitio.

—No. Pero hice simplemente lo que quería y me senté de buenas a primeras junto a ti. El alumno con quien cambié de sitio se quedó un poco asombrado; pero me dejó hacer. Y el párroco advirtió que allí había pasado algo; pero no supo qué. En general, siempre que se dirige a mí en la clase, nota algo raro que le inquieta ocultamente. Sabe que me llamo Demian y que empezando mi apellido con una D no es regular que me siente en los últimos bancos, junto a la S. Pero esta representación no acaba de penetrar hasta su conciencia, porque mi voluntad se opone a ello y se lo impide siempre de nuevo.

El buen señor advierte algo raro cada vez que me ve a tu lado y comienza a cavilar. Entonces empleo un medio muy sencillo. Le miro fijamente a los ojos. Hay muy poca gente que aguante bien una mirada a los ojos. La mayoría se intranquiliza. Cuando quieras conseguir algo de una persona y veas que conserva toda su calma al mirarla de pronto resueltamente a los ojos, puedes ir renunciando a tus deseos. ¡Nunca conseguirás nada de ella! Pero no es lo frecuente. Por mi parte, sólo sé de una persona que me resista siempre.

—¿Quién es? —pregunté rápido.

Demian me miró entornando un poco los ojos, como siempre que reflexionaba intensamente, y volvió luego la vista a otro lado, sin responderme. A pesar de mi viva curiosidad, no me atreví a repetir la pregunta.

Sin embargo, creo que debía referirse a su madre. Parecía vivir con ella en una íntima unión espiritual; pero nunca me habló de ella ni me llevó a su casa. De este modo, apenas sabía yo cómo era su madre.

Por aquel tiempo intenté algunas veces imitar a Demian y concentrar toda mi voluntad alrededor de una cosa determinada, para ver si podía alcanzarla. Encontraba en mí deseos que me parecían suficientemente apremiantes. Pero nada obtuve. No pude resolverme a revelar a Demian estas tentativas. No me hubiera sido posible confesarle mis deseos. Tampoco él me preguntó nada.

Mis creencias religiosas habían comenzado entre tanto a flaquear. Pero mi actitud mental, muy influida por Demian, se apartaba mucho de la de aquellos condiscípulos míos que mostraban una completa incredulidad. Eran unos cuantos y decían que era ridículo e indigno de los hombres creer todavía en un dios, que las historias tales como las de la trinidad y la Inmaculada Concepción movían sencillamente a risa y que era una vergüenza aceptar a estas alturas semejantes antiguallas. Yo no pensaba así. A pesar de mis dudas, y por toda la experiencia de mi niñez, sabía lo bastante de la realidad de una vida piadosa, como la llevaban, por ejemplo, mis padres, y sabía que no era nada indigno ni fingido. Por lo contrario, las personas religiosas me inspiraban, ahora como antes, el más profundo respeto. Lo que sucedía era que Demian me había habituado a considerar y a interpretar las tradiciones religiosas y los dogmas de una manera más libre, más personal, más jugosa y más rica en fantasía. Por lo menos, yo seguía siempre con agrado sus interpretaciones, aunque algunas me parecieran demasiado fuertes, como la de la historia de Caín. Durante las clases preparatorias de la confirmación volvió a asustarme con una glosa todavía más osada, si cabe. El profesor nos había hablado del Gólgota. El relato bíblico de la pasión y muerte del Redentor me había producido siempre, desde muy pequeño, una profunda impresión. Alguna vez, después de oír leer a mi padre, un Viernes Santo, la historia de la pasión, había vivido, con íntimo recogimiento conmovido, en aquel mundo dolorosamente bello, pálido, espectral y, sin embargo, vibrante de vida, en Getsemaní, en la cima del Gólgota, y cuando oía *La Pasión según san Mateo*, de Bach, me estremecía con místico escalofrío el doliente esplendor sombrío y poderoso de aquel mundo enigmático. Todavía hoy veo en esta música y en el *actostrágico* la quintaesencia de toda poesía y de toda expresión artística.

Al terminar aquella clase me dijo Demian con expresión reflexiva:

—Hay algo que no acaba de agradarme, Sinclair. Lee otra vez el relato de la pasión, analízalo bien y verás cómo encuentras algo que resulta insulso. Me refiero a la historia de los dos ladrones. El espectáculo de las tres cruces alzándose juntas sobre la colina es imborrablemente sublime. Pero luego viene esa anécdota sentimental del buen ladrón. Ha sido toda su vida un criminal, ha cometido dios sabe cuántas infamias y ahora se derrite y llora arrepentido. ¿Quieres decirme qué sentido puede tener este arrepentimiento a dos pasos del sepulcro? No es más que una anécdota devota, dulzona y falsa suntuosamente aderezada y con un fondo muy edificante. Si hoy tuvieras que elegir por amigo a uno de los dos ladrones o meditar en cuál de ellos podías depositar mejor tu confianza, no elegirías seguramente a ese converso plañidero. Escogerías, desde luego, al otro, que es un tipo de carácter. Desprecia una conversión que en aquel momento no puede tener ya valor alguno, anda su camino hasta el fin y no se desliga cobardemente, en el último instante, del diablo, que ha venido ayudándole hasta entonces. Quizá fuera también un descendiente de Caín. ¿No crees?

Le escuché asombrado. Creía haber penetrado hondamente en la historia de la crucifixión, y ahora veía con qué poca imaginación y qué falta de fantasía la había escuchado y leído. Pero, al mismo tiempo, las nuevas glosas de Demian amenazaban con derrocar en mí conceptos que no me era fácil abandonar. No, no se podía jugar así con todo, incluso con las cosas más santas.

Como siempre, adivinó Demian, en el acto, mi resistencia, antes de que yo dijese nada.

—Sé lo que vas a decirme —continuó resignado—. ¡Siempre tropieza uno con lo mismo! Pero escúchame todavía un momento: es éste uno de los puntos en los que se ve más claramente los defectos de esta religión. Todo este dios de la antigua y la nueva alianza es, desde luego, una figura extraordinaria, pero no es lo que realmente debiera ser. Es lo bueno, lo noble, lo paternal, lo bello y también lo elevado y lo sentimental. ¡Está bien! Pero el mundo se compone también de otras cosas. Y todas estas cosas se adjudican sencillamente al diablo; toda esa parte del mundo, toda esta mitad, es encubierta y silenciada. Se glorifica a dios como padre de toda vida y se oculta y silencia la vida sexual, fuente y sustrato de la vida misma, declarándola pecado y obra del demonio. No me opongo lo más mínimo a que se adore a este dios Jehová. Pero creo que debemos adorar y santificar al mundo entero en su plena totalidad, y no tan sólo a esta mitad oficial, artificialmente disociada. Por lo tanto, al lado del culto a dios, deberíamos celebrar un culto al demonio. Eso sería lo acertado. O crearnos un dios que integrara también en sí mismo al demonio y ante el cual no tuviéramos que cerrar los ojos para no ver las cosas más naturales del mundo.

Demian había llegado a exaltarse, contra su costumbre. Sin embargo, no tardó en recobrar su sonrisa y dejó de sondearme.

Pero sus palabras habían herido en mí el enigma que durante mis años de infancia y pubertad había acompañado todas mis horas, y del cual nunca había dicho a nadie una palabra. Lo que Demian había dicho sobre dios y el diablo, sobre el mundo oficialmente divino y el mundo demoniaco, encubierto y silenciado, era exactamente mi propio pensamiento, mi propio mito, mi concepción de los dos mundos: el luminoso y el oscuro. El descubrimiento de que mi problema era un problema de todos los hombres, un problema de toda vida y de todo pensamiento, cayó de pronto sobre mí como una sombra divina y me sentí penetrado de temeroso respeto al advertir cuán profundamente participaban mi propia vida y mi pensamiento personal en la corriente eterna de las grandes ideas. Este descubrimiento, afortunado y satisfactorio en cuanto confirmaba mis concepciones, no fue, sin embargo, alegre. Era duro y sabía áspero, pues traía consigo un principio de responsabilidad, un definitivo adiós a la infancia y un anuncio de soledad y de aislamiento. Revelando por primera vez en la vida mi profundo secreto, expuse a mi camarada mi concepción de los "dos mundos", y Demian vio enseguida cómo se delataba en ella la plena conformidad de mi más íntimo sentir con sus propias ideas. Pero no era capaz de aprovecharse de la ventaja que ello le daba sobre mí. Me escuchó con más honda atención que nunca, mirándome fijamente a los ojos, hasta que yo aparté los míos al advertir de nuevo en su mirada aquella extraña eternidad zoológica, aquella incalculable antigüedad.

—Ya volveremos en otra ocasión sobre esto —dijo, no queriendo abrumarme más—. Veo que piensas más de lo que puedes expresar. Pero también que nunca has vivido por entero lo pensado, y eso no es bueno. Únicamente aquellas ideas que vivimos tienen un valor. Has sabido que tu "mundo permitido" era tan sólo la mitad del mundo, y has intentado escamotear la otra mitad, como los religiosos y los profesores. ¡No lo conseguirás nunca! Nadie lo consigue una vez que ha comenzado a pensar.

Esas palabras me calaron hondamente.

—Sin embargo —grité casi—, no puedes negar que hay cosas real y efectivamente ilícitas y repulsivas, y que estas cosas están bien prohibidas y debemos renunciar a ellas. Sé muy bien que el asesinato es una posibilidad real y que hay toda clase de vicios. Pero, ¿es que por existir tales cosas hemos de caer en ellas y convertirnos en criminales?

—No es posible examinar en una sola conversación todos los aspectos del tema —concedió Max—. Desde luego, nadie te dice que hayas de matar o violar y asesinar muchachas. Pero sí que no has llegado aún al punto desde el cual se descubre ya el verdadero sentido de lo "permitido" y lo "prohibido". Se te ha empezado a revelar una parte de la verdad. ¡Ya vendrá el resto; no tengas cuidado! Ahora, por ejemplo, llevas en ti, desde hace casi un año, un instinto más fuerte que todos los demás y que cuenta entre lo "prohibido". En cambio, los griegos y otros muchos pueblos hicieron de este instinto una divinidad a la que rendían culto en grandes fiestas. Lo "prohibido" no es, pues, eterno, sino que está sujeto a cambio. También hoy puede cualquiera yacer lícitamente con una mujer, siempre que la haya llevado antes a presencia de un sacerdote y se haya casado con ella. Y también hay otros pueblos en los que se procede diferente. Por tanto, cada uno de nosotros ha de encontrar por sí mismo lo "permitido" y lo "prohibido" con respecto a su propia persona; es decir, lo que le está prohibido. Se puede no hacer nunca nada prohibido y ser, sin embargo, un perfecto bribón. Y al contrario. ¡En último término, no es más que una cuestión de comodidad! Aquel que es demasiado cómodo para pensar por sí mismo y ser su propio juez, se somete de momento a las prohibiciones existentes. Le resulta más sencillo. Pero otros sienten en sí mismos su propia ley, les están prohibidas cosas que todo hombre de honor hace a diario y permitidas otras sobre las que recae una general interdicción. Cada uno tiene que responder de sí mismo.

De pronto, pareció arrepentirse de haber hablado tanto, e interrumpió su alegato. Por mi parte, comprendí ya entonces el sentimiento que le movía a enmudecer. Aunque Demian acostumbraba a exponer sus ideas en el tono de una charla agradable y aparentemente superficial, no gustaba de "hablar por hablar", según él mismo dijo un día. Y en aquella ocasión sentía en mí, junto a un auténtico interés, mucha parte de juego y de pueril complacencia en las conversaciones intelectuales, esto es, la falta de una plena seriedad.

Al releer las últimas palabras escritas —"una plena seriedad"—, acude repentinamente a mi memoria otra escena, la más impresionante de todas las que con Max Demian viví en aquellos tiempos semi infantiles.

Se aproximaba ya la fecha de nuestra confirmación y las últimas lecciones de nuestra preparación religiosa se trataban de la Sagrada Cena. Conmovido por la importancia del tema, puso el párroco máximo cuidado en sus explicaciones y logró realmente crear en las últimas clases un cierto ambiente de recogida unción. Pero precisamente durante estas dos o tres clases permaneció más que nunca ligado mi pensamiento a la persona de mi amigo. Ante la confirmación, que nos era presentada como nuestra solemne recepción en la comunidad de la Iglesia, se me imponía la idea de que, para mí, el valor de aquellos seis meses de enseñanza religiosa no estaba en lo que había aprendido, sino en la proximidad y en la influencia de Demian. Donde me encontraba ya dispuesto a ser recibido no era en la Iglesia, sino en algo muy distinto, en una orden del pensamiento y de la personalidad, que debía existir de algún modo sobre la Tierra, y cuyo representante o emisario era, para mí, mi amigo.

Intenté rechazar aquella idea. A pesar de todo, quería vivir la solemne fiesta de mi confirmación con una cierta dignidad que no parecía muy compatible con tales nuevos pensamientos. Pero, hiciese lo que hiciese, la idea se mantenía allí y poco a poco fue enlazándose a la cercana solemnidad, haciéndome ir a ella de un modo distinto al de los demás, puesto que acabó por significar para mí el recibimiento en un mundo intelectual como el que yo había descubierto en Demian.

Por aquellos días volví a discutir acaloradamente con él otra vez y precisamente antes de la clase de religión. Mi amigo se mantuvo distante y se vio que no le agradaban mis palabras, un tanto pretenciosas y pedantes, desde luego.

—Hablamos demasiado —dijo con gravedad desacostumbrada—. Las palabras ingeniosas no tienen ningún valor, absolutamente ninguno. No hacen más que apartarnos de nosotros mismos. Y alejarse de sí mismo es pecado. Hay que saber encerrarse completamente en uno mismo, como una tortuga.

Instantes después entramos en el aula. Comenzó la clase y yo me esforcé en prestar atención sin que Demian intentase distraerme. Pero al cabo de un rato empezó a llegar a mí, desde el lugar que Demian ocupaba a mi lado, una extraña sensación indefinible de frialdad o de vacío, como si aquel puesto al lado mío hubiese quedado de pronto abandonado. Esta sensación acabó por hacerse tan angustiosa que tuve que volver la vista.

Mi amigo estaba sentado allí, el cuerpo bien derecho y en actitud correcta, como siempre. Pero, aparte de esto, su aspecto era inhabitual, y algo que yo no conocía emanaba de él y le rodeaba. Al principio creí que tenía los ojos cerrados, pero enseguida vi que los conservaba abiertos. Sin embargo, aquellos ojos no miraban, no veían, fijos y vueltos hacia el interior o perdidos en una gran lejanía. Sentado allí, totalmente inmóvil, parecía no respirar siquiera y su boca era como tallada en madera o en piedra. Su rostro estaba pálido, uniformemente pálido, como de piedra, y sus oscuros cabellos eran lo único que aún parecía conservar en él alguna vida. Sus manos reposaban ante él sobre el pupitre, inanimadas y quietas como objetos, como piedras o frutas, pálidas e inmóviles, pero no distendidas ni flácidas, sino como un firme y seguro abrigo en torno de una intensa vida oculta.

Aquella vista me hizo temblar. ¡Está muerto!, pensé casi en voz alta. Pero sabía muy bien que no lo estaba. Mis ojos quedaron prendidos a aquel rostro, fijos en aquella pálida máscara de piedra, y sentí que ahora tenía ante mí al verdadero Demian. El otro, el de todos los días, el que andaba y conversaba conmigo, no era sino una mitad suya, un medio Demian, que representaba a ratos un papel y se plegaba benévolamente a algo que le era ajeno. Pero el verdadero Demian era así: pétreo y primordial, bello y frío, muerto y lleno de una vida inaudita. Y, en torno de él, aquel vacío silencioso, aquel espacio etéreo y sideral, aquella muerte callada.

Sentí, estremecido, que Demian se había retirado por completo en sí mismo. Nunca me había hallado tan solo. No participaba de él, me era inasequible y estaba más lejos de mí que si se encontrara en la isla más lejana del mundo.

Me parecía incomprensible que nadie, excepto yo, lo advirtiese. Todos deberían mirarle y estremecerse sobrecogidos. Pero nadie se fijaba en él. Seguía sentado en su puesto, rígido como una estatua o, según hube de pensar entonces, como un ídolo. Una mosca se posó en su frente y le corrió luego por encima de la nariz y de los labios, sin que en su rostro se dibujara ni una leve contracción.

¿Dónde estaba? ¿Qué pensaba? ¿Qué sentía? ¿Estaba en un cielo o en un infierno?

No me fue posible hacerle ninguna pregunta. Cuando al final de la clase le vi revivir y alentar de nuevo, cuando su mirada encontró la mía, había vuelto ya a ser el de antes ¿De dónde venía? ¿Dónde había estado? Parecía fatigado. El color había vuelto a su cara y sus manos se movían de nuevo. En cambio, el oscuro cabello se había tornado mate y caía, lacio y como cansado, sobre la frente.

Durante los días que siguieron intenté varias veces, en mi alcoba, un nuevo experimento: me sentaba en una silla y permanecía rígido e inmóvil, con la mirada fija, esperando a ver cuánto tiempo podía resistir así y qué sentía entretanto. Sólo conseguí fatigarme y sentir un violento escozor en los párpados.

Poco después fue la confirmación, de la cual no conservo ningún recuerdo importante.

Todo cambió ya. La niñez se derrumbó en torno mío. Mis padres me miraban con un cierto embarazo. Mis hermanas llegaron a serme extrañas. Una vaga desilusión fue debilitando y esfumando mis sentimientos y mis alegrías habituales; el jardín no tenía perfume, el bosque no me atraía, el mundo se extendía alrededor de mí como un saldo de trastos viejos, insípido y desencantado, los libros eran papel; la música, ruido. No de otro modo pierde sus hojas el árbol otoñal en torno suyo. No lo siente, y la lluvia, la escarcha y el sol resbalan por su tronco, mientras su vida se retira a lo más íntimo y recóndito. No muere. Espera.

Para después de las vacaciones se había decidido mi ingreso en otro colegio y, con éste, mi primera salida del hogar. Mi madre se acercaba de vez en cuando a mí con particular cariño, anticipando la despedida y esforzándose en rebosar mi corazón de amor, de recuerdo y de nostalgia. Demian había salido de viaje. Yo estaba solo.

Capítulo IV
Beatrice

Sin haber visto de nuevo a mi amigo, salí para X al terminar las vacaciones. Mis padres me acompañaron y me entregaron con todo género de recomendaciones al amparo de una pensión de colegiales dirigida por un profesor del liceo. Cuál no hubiera sido su espanto si hubiesen sabido ante qué caminos me dejaban.

Mi problema era aún el de si podría llegar a ser, con el tiempo, un buen hijo y un ciudadano útil o si, por el contrario, mi naturaleza me empujaba por otros caminos. Mi última tentativa de ser feliz a la sombra del hogar y del espíritu paterno había durado mucho tiempo, y en ocasiones parecía que iba a tener éxito; pero al final había fracasado lamentablemente.

El singular vacío y la mortal soledad que me hicieron sentir por vez primera en las vacaciones siguientes a mi confirmación —¡cómo conocí luego este vacío, este aire enrarecido!— no debían desaparecer tan pronto. El adiós al hogar me fue extrañamente fácil, tan fácil que yo mismo me avergoncé de mi indiferencia. Mis hermanas lloraban sin consuelo. Yo no podía. Me asombraba a mí mismo. Hasta entonces yo no había pecado nunca de insensible y había sido, en el fondo, un buen muchacho. Ahora estaba completamente cambiado. Indiferente al mundo exterior, me pasaba los días escuchando el rumor de las corrientes oscuras y prohibidas, que fluían en mí subterráneas. Mi crecimiento se había acelerado mucho en los últimos seis meses y mi persona proyectaba sobre el mundo una figura larga, delgada y como inacabada. Todo el amable atractivo del adolescente se había retirado de mí. Sentía que nadie podía amarme así y me desagradaba profundamente a mí mismo. A veces me invadía una intensa nostalgia de Max Demian, pero otras muchas le odiaba y le culpaba del empobrecimiento de mi vida, que pesaba sobre mí como una repulsiva enfermedad.

Mis camaradas de la pensión escolar no tuvieron para mí, al principio, ni estimación ni simpatía. Después de hacerme blanco de sus burlas, fueron apartándose de mí, considerándome como hipócrita extravagante y desagradable. No me disgustaba representar un tal papel, y lo exageré encerrándome en una adusta soledad que desde fuera podía pasar por un viril desprecio del mundo, en tanto sucumbía en mi interior a violentos ataques de melancolía y desesperación. Mi actividad escolar se redujo durante los primeros tiempos a rumiar los conocimientos ya acumulados, pues la nueva clase aparecía algo atrasada con respecto a la de mi colegio anterior y, de este modo, me acostumbré a mirar despreciativamente a mis condiscípulos, considerándolos aún niños.

Así pasó más de un año. Tampoco mis primeras visitas al hogar en vacaciones trajeron nada nuevo. Volví a partir sin pena.

Empezaba noviembre. Desde tiempo atrás, había adquirido la costumbre de dar todos los días un largo paseo, hiciese el tiempo que hiciese, y en estos paseos pensativos gozaba a veces una felicidad singular, una felicidad llena de melancolía, de desprecio al mundo y a mí mismo. En esta disposición de ánimo vagaba, pues, un atardecer, a través de la húmeda penumbra, por los alrededores de la ciudad. La amplia avenida de un parque público me invitaba, desierta. El suelo desaparecía bajo una espesa capa de hojas muertas, en la que hundía mis pies con una oscura voluptuosidad. Olía húmedo y amargo. Los árboles lejanos surgían espectrales y sombríos de entre la niebla. Al final de la avenida me detuve indeciso, fija la vista en la negra hojarasca, y aspiré con ansia aquel mojado aroma declinante, vida mustia y marchita, sintiendo dentro de mí algo que le saludaba y respondía. La vida no sabía a nada.

Por uno de los caminos laterales se acercaba alguien. Eché de nuevo a andar, pero ya me habían reconocido:

—¡Eh, Sinclair!

Era Alfredo Beck, el más grandulón de mis compañeros. Pasaba por ser tan fuerte como un oso; se contaba que tenía completamente dominado al director de nuestra pensión y era el héroe de muchos rumores escolares.

—¿Qué haces aquí? —exclamó afablemente, con el tono que adoptaban los mayores cuando se dignaban descender hasta uno de nosotros—. Apuesto a que estás haciendo versos.

—¡Ni pensarlo! —rechacé bruscamente.

Se echó a reír y continuó andando a mi lado y charlando. Yo había perdido ya la costumbre de conversar.

—No temas que yo sea incapaz de comprender esas cosas, Sinclair. Sé muy bien que cuando pasea uno así, al atardecer, entre la niebla, con pensamientos otoñales, siente siempre la comezón de hacer versos. Y, naturalmente, versos sobre la naturaleza agonizante y la juventud perdida. Recuerda, si no, a Heine.

—No soy tan sentimental —repliqué, a la defensiva.

—Bueno, es igual. Lo que el hombre debe hacer, con este tiempo, es buscar un sitio abrigado donde le den un buen vaso de vino o algo semejante. ¿Vienes conmigo? No espero a nadie. ¿O quizá no te agrada la idea? No quisiera pervertirte, amigo, si es que eres un muchacho modelo.

Poco después nos encontrábamos sentados en una taberna del arrabal y bebíamos un vino dudoso, chocando los vasos toscos. Al principio no me agradó mucho aquello, aunque siempre era algo nuevo. Pero como no estaba acostumbrado a beber, el vino me hizo pronto locuaz. Era como si se hubiese abierto en mí una ventana por la que penetrase resplandeciente el mundo. ¡Hacía tanto tiempo que no desahogaba mi alma! Comencé a fantasear y, de pronto, saqué a relucir la historia de Caín y Abel.

Beck me escuchaba con agrado. ¡Alguien, por fin, a quien yo daba algo! Me golpeó amistosamente en el hombro y dijo que le resultaba muy interesante. Sentí que mi corazón se henchía de gozo ante la dicha de poder dar, por fin, libre curso tumultuoso a mis deseos de comunicación, tanto tiempo estancados, ante la dicha de ser estimado y representar un valor a los ojos de alguien mayor que yo. Cuando, más tarde, me dijo que era un chico genial, estas palabras inundaron mi alma como un vino fuerte y dulce. El mundo ardía en nuevos colores, las ideas llegaban a mí de mil atrevidas fuentes nuevas, el ingenio y el fuego llameaban en mí. Hablamos sobre nuestros profesores y nuestros condiscípulos y me pareció que nos entendíamos de maravilla. Hablamos sobre los griegos y sobre el paganismo. Beck intentó hacerme confesar mis aventuras amorosas. En este terreno me era ya imposible continuar hablando. Nada había vivido y nada podía contar. Y lo que en mi vida interior había sentido, construido y fantaseado, vacía ardiendo en mí; pero el vino no era lo bastante poderoso para arrastrarlo a la superficie y hacerlo comunicable.

Beck sabía mucho más que yo de las mujeres y escuché, vibrante, sus historias. Supe cosas increíbles. Cosas que nunca hubiera creído posibles entraron a formar parte de la realidad más llana y natural. Con sus dieciocho años, poseía ya Alfredo Beck una rica experiencia. Sabía, entre otras cosas, que las muchachas no querían más que presumir y ser cortejadas, y que todo aquello resultaba muy agradable, pero no era lo verdadero. Se conseguía más de las mujeres casadas. Eran mucho más inteligentes. Por ejemplo, Frau Jaggelt, la dueña de la tienda donde comprábamos lápices y cuadernos; con ésa se podía hablar; las cosas que habían pasado ya detrás de aquel mostrador no cabían en un libro.

Yo le escuchaba fascinado y absorto. Sentía, desde luego, que me habría sido imposible amar a Frau Jaggelt —pero eso era lo de menos; la revelación subsistía, maravillosa. Parecían manar allí, por lo menos para los mayores, fuentes jamás soñadas. Todo aquello daba ciertamente un sonido falso y tenía un sabor más bajo y cotidiano del que, a mi juicio, debía de dejar el amor—, pero, de todos modos, era una realidad, era vida y aventura; había a mi lado alguien que lo había vivido y para quien era algo natural.

Nuestra conversación había descendido un poco, había perdido algo. Yo no era ya el chiquillo genial, era tan sólo un chico que escuchaba a un hombre. Pero, aún así, comparada con lo que mi vida venía siendo desde muchos meses atrás, resultaba algo delicioso y paradisíaco. Además, según fui sintiendo poco a poco, todo aquello, desde la estancia en la taberna hasta el tema de nuestro diálogo, pertenecía a lo prohibido, a lo más prohibido. Y yo encontraba en ello un sabor apasionado y rebelde.

Conservo de aquella noche un recuerdo muy claro. Cuando, muy tarde ya, emprendimos ambos el regreso, bajo la turbia luz de los faroles, en la noche mojada y fría, iba yo borracho por primera vez en mi vida. Aquel estado no me era nada grato, sino, al contrario, muy penoso y, sin embargo, también tenía algo más, un cierto encanto, una dulzura singular: era rebelión y orgía, vida y espíritu. Alfredo Beck me auxilió como bueno, entre burlas, y me condujo, medio en brazos, hasta la pensión, en la que entramos de contrabando por una ventana.

Al recobrar la conciencia, después de un corto sueño mortal del que desperté dolorido, sentí una profunda tristeza. Incorporado en la cama, conservaba puesta la camisa que había llevado durante el día; mis vestidos y mis botas, diseminados por el suelo, olían a tabaco y a vómito, y en medio del dolor de cabeza, de las náuseas y de la sed abrasadora, surgió ante mi alma una imagen en mucho tiempo no evocada. Vi mi ciudad natal y mi hogar, vi a mis padres y a mis hermanas, vi nuestro jardín y mi alcoba silenciosa e íntima, el colegio y la plaza del mercado; vi a Demian y vi nuestra clase de religión y todo ello era luminoso, todo aparecía nimbado de un suave resplandor, todo era maravilloso, divino y puro, y todo, todo ello —ahora me daba cuenta— había sido mío hasta ayer, hasta pocas horas antes, y se había hundido ahora, justamente ahora; no me pertenecía ya, me rechazaba y me miraba con asco. Todas las puras delicias que desde las más lejanas doradas horas infantiles debía a mis padres —los besos de mi madre, las navidades, las piadosas mañanas dominicales, las flores del jardín—, todas yacían rotas a mis pies, todas las había pisoteado. Si en aquel momento hubieran venido a prenderme unos esbirros y me hubiesen arrastrado a la horca, por sacrílego, no habría opuesto nada, habría echado a andar gustoso hacia el patíbulo y habría considerado justa y conveniente la sentencia.

¡Tal era yo en el fondo! ¡Yo, que caminaba por el mundo aislado en mi desprecio! ¡Yo, que sentía el orgullo de la inteligencia y compartía los pensamientos de Demian! Tal era yo: una escoria, una basura, borracho y sucio, repugnante y grosero, una bestia salvaje dominada por asquerosos instintos. ¡Yo, que venía de aquellos jardines en los que todo era pureza, resplandor y suave delicadeza! ¡Yo, que había amado la música de Bach y las bellas poesías! Penetrado de asco y de indignación, oía aún mi propia risa, una risa ebria, desenfrenada, que fluía estúpida a borbotones. ¡Aquello era yo!

A pesar de todo, era casi un placer sufrir estos tormentos. Llevaba ya tanto tiempo arrastrándome ciego e insensible por la vida y mi corazón había callado ya tan largamente, empobreciéndose confinado en un ángulo oscuro, que hasta aquellos reproches y aquel horror que contraían mi alma eran los bienvenidos. Eran, por fin, un sentimiento, una emoción que ardía en llamas y en la que latía un corazón desconcertado, sentía en medio de mi atroz miseria, algo como una liberación y una nueva primavera.

Entre tanto, y para quien me viese desde fuera, seguía yo deslizándome vertiginosamente cuesta abajo. Aquella primera borrachera no fue la última. Entre los alumnos de nuestro colegio se había extendido mucho la pasión del vino, y había un grupo muy nutrido que se pasaba las horas muertas en los cafés, bebiendo y alborotando. Yo era de los más jóvenes de este grupo, pero no tardé en dejar de ser considerado como un chiquillo, a quien los mayores toleraban en su compañía, para convertirme en uno de los cabecillas, en un bebedor famoso y atrevido. De nuevo pertenecía por entero al mundo sombrío, al demonio, y ocupaba en aquel mundo un lugar destacado.

A todo esto, mi ánimo permanecía conturbado. Vivía en una continua orgía aniquilante y mis camaradas veían en mí uno de sus más enérgicos cabecillas, un mozo agudo y resuelto y, mientras tanto, mi alma revoloteaba temblorosa, penetrada de angustiados temores. Todavía recuerdo cómo me saltaron las lágrimas al salir del café un domingo por la mañana y ver unos niños que jugaban en la calle, radiantes, limpios, recién peinados y con sus galas domingueras. Así, mientras divertía a mis amigos y les asustaba a veces con mi inaudito cinismo, entre risas ebrias, ante las sucias mesas de un café de baja categoría, conservaba en mi corazón un oculto respeto a todo aquello que manchaba con mis burlas, y en mi interior permanecía arrodillado y llorando ante mi alma, ante mi pasado, ante mi madre y ante dios.

Esta falta de compenetración con mis acompañantes, esta soledad mía entre ellos, que me entregaba inerme a mi dolor, tenía su explicación. Entre todos mis camaradas, incluso entre los más endurecidos, pasaba por ser un perdido y un cínico; mostraba ingenio y osadía en mis ideas y mis apreciaciones sobre los profesores, el colegio, la familia y la Iglesia, no rehuía los relatos obscenos y a veces yo mismo aventuraba también alguno; pero jamás me agregaba a mis compañeros cuando iban en busca de las muchachas. En tanto que mis palabras eran las de un perfecto libertino, mi vida trascurría solitaria, plena de una ardiente ansia de amor, desesperanzada. En este punto no había nadie más delicado y pudoroso que yo. Cuando veía pasar a las muchachas, lindas y compuestas, alegres y graciosas, se me figuraban puros sueños maravillosos, demasiado buenos y demasiado puros para mí. Durante mucho tiempo no pude ya entrar en la papelería de Frau Jaggelt porque me ponía colorado cuando la miraba y recordaba lo que Alfredo Beck me había contado de ella.

Pero aunque me sabía distinto de mis nuevos camaradas y me sentía continuamente solo en su compañía, no conseguía desligarme de ellos. No sé ya en verdad si llegué realmente a encontrar alguna vez un placer en aquella vida de borrachera y fanfarronería, pero sí recuerdo que no llegué a habituarme a la bebida hasta el punto de no sentir las penosas molestias consecutivas al exceso. Sin embargo, seguía ligado a aquella vida como bajo el imperio de una obsesión. Vivía así porque no tenía más remedio y porque de otro modo no hubiera sabido qué hacer de mí. Sentía miedo de estar solo mucho tiempo, miedo a las muchas veleidades de ternura, honestidad y cariño a las que me sentía continuamente inclinado, miedo a los tiernos pensamientos amorosos que con tanta frecuencia me asaltaban.

Lo que más echaba de menos era un amigo. Entre mis condiscípulos había dos o tres a los que veía con gusto, pero éstos rehuían mi trato. Pertenecían a los buenos y hacía ya mucho tiempo que mis vicios no eran un secreto para nadie. Se me tenía por un perdido incorregible bajo cuyos pies vacilaba ya el suelo. Los profesores conocían mi vida y me habían impuesto ya varias veces severos castigos. Mi expulsión definitiva del colegio era generalmente esperada. Yo lo sabía, y había dejado de ser buen alumno, limitándome a seguir a tropezones las clases, convencido de que aquello no podía durar mucho tiempo.

Hay muchos caminos por los que dios puede llevarnos a la soledad y conducirnos a nosotros mismos. Uno de ellos recorrió conmigo por entonces. Fue como un mal sueño. Me veo avanzar desasosegado y ansioso como un hombre atormentado por la pesadilla, a través de largas noches de borrachera y cinismo, por un camino feo y sucio, cubierto de basuras y viscosidades y sembrado de vasos rotos. Hay sueños así en los que yendo hacia el palacio de la princesa encantada se queda uno atascado en un lodazal o una callejuela inmunda y maloliente. Así me sucedió a mí, y tal fue el proceso nada bello que me estaba destinado cumplir para llegar a la soledad e interponer entre el paraíso de mi niñez y yo una puerta vedada, defendida por dos resplandecientes guardianes implacables. Fue un comienzo, un despertar de la nostalgia de mí mismo.

Todavía me sobrecogí convulso cuando mi padre acudió una primera vez a X, alarmado por las cartas del director de la pensión, y me encontré de pronto en su presencia. Pero cuando a finales de invierno repitió su visita me encontró ya endurecido e indiferente a sus reproches, a sus ruegos y hasta al recuerdo de mi madre. A lo último, encolerizado ya, me dijo que si no variaba de conducta dejaría que me expulsaran vergonzosamente del colegio y me encerraría en un reformatorio. ¡Por mí, podía hacerlo! Cuando partió, me daba pena; pero no había conseguido nada, no había encontrado ya ningún camino que le acercase a mí, y en algunos momentos sentía que se merecía aquel dolor.

Lo que fuera de mí, me tenía sin cuidado. Yo mantenía a mi modo, tan singular como poco atractivo —con la borrachera y el juego—, mi lucha contra el mundo. Era mi manera de protestar. Pero con ella me aniquilaba y dándome cuenta planteaba a veces la cuestión en los siguientes términos: ¡Si el mundo no podía utilizar a los hombres como yo; si no tenía para ellos ningún puesto mejor ni podía encomendarles una labor más alta; no había para nosotros más camino que el aniquilamiento, peor para el mundo!

Las vacaciones de Navidad fueron muy tristes aquel año. Mi madre se asustó al verme. Había crecido todavía más y en mi cara, pálida y desencajada, resaltaban los párpados enrojecidos. Una primera sombra de bigote y las gafas, que había comenzado a usar poco tiempo antes, me hacían más extraño a sus ojos. Mis hermanas retrocedieron conteniendo la risa. Todo fue penoso y amargo: la conversación con mi padre en su despacho, las visitas de los parientes; pero más que nada, Nochebuena. Toda la vida había sido la Nochebuena la fiesta más celebrada en nuestra casa, noche de amor y de gratitud en la que se renovaba la alianza con mis padres. Esta vez todo resultó ingrato y embarazoso. Mi padre leyó, como siempre, el Evangelio de los pastores que velaban y guardaban las vigilias; mis hermanas recibieron gozosas su aguinaldo, pero la voz de mi padre sonaba sin alegría y su cara aparecía envejecida y angustiada; mi madre estaba triste y para mí fue todo igualmente penoso e indeseado: los regalos y los votos de felicidad, el Evangelio y el árbol navideño. Los *alfajores* exhalaban un apetitoso perfume y densas nubes de dulces recuerdos. El abeto perfumaba y hablaba de cosas que ya no eran. Yo anhelaba el término de la noche y el de todos aquellos días de fiesta.

Así trascurrió todo el invierno. El claustro de profesores me amonestó severamente, amenazándome ya con la expulsión definitiva. El desenlace esperado se aproximaba. Por mí...

No sabía nada de Max Demian y le reprochaba enconadamente el olvido en que me tenía. No había vuelto a verle en todo aquel tiempo. Al principio de mi estancia en X le había escrito dos cartas que no obtuvieron respuesta. Por esta razón tampoco fui a visitarle durante las vacaciones.

Al iniciar la primavera, cuando los setos comenzaban a verdear, y en aquel mismo parque donde el otoño anterior había encontrado a Alfredo Beck, tropecé con una muchacha que me intereso vivamente. Ello sucedió una tarde en que paseaba solitario y entregado a desagradables preocupaciones, pues veía quebrantada mi salud y pasaba, además, por constantes apuros económicos, debía diversas cantidades a varios camaradas, había dejado crecer en algunas tiendas cuentas de cigarros y otras cosas así, y tenía que inventar un gasto necesario para obtener de mis padres un nuevo envío de dinero. No es que tales preocupaciones me atormentasen demasiado hondamente —si mi expulsión del colegio era ya cuestión de días y tenía luego que arrojarme al agua o dejarme encerrar en un reformatorio, no podían importarme mucho aquellas otras pequeñeces—. Pero, con todo, me dolía vivir de continuo entre cosas tan poco gratas.

Aquel atardecer de primavera encontré en el parque a una muchacha que me interesó desde el primer momento. Era alta y esbelta, vestía con elegancia y tenía cara de chico, inteligentemente expresiva. Quedé prendado de ella en el acto. Pertenecía al tipo de mujer que más me gustaba y pasó seguidamente a ocupar mis fantasías. Apenas mayor que yo, aparecía mucho más hecha, más definida y elegantemente acabada, casi una mujer ya, pero en su cara resplandecía una plenitud de vida juvenil que me cautivaba.

Nunca me había aventurado a acercarme a ninguna de las muchachas que me habían interesado, y tampoco esta vez me mostré más resuelto. Pero la impresión fue más honda que nunca, y este enamoramiento ejerció sobre mi vida la más poderosa influencia.

Ante mí se alzaba de nuevo una imagen querida y venerada. Ningún impulso, ninguna necesidad latía tan honda y violentamente en mi ser como el ansia de adoración y rendimiento. Mi fantasía halló para aquella imagen un nombre dulce de pronunciar: Beatrice. Sin haber leído a Dante, conocía este nombre por una pintura inglesa prerrafaelista, cuya reproducción poseía: una esbelta figura adolescente, de largos miembros afinados, cabeza estrecha y larga, y manos y facciones espirituales. La bella muchacha de mi encuentro no era del todo semejante; pero mostraba también aquella esbelta forma un poco masculina que tanto me atraía y un algo de la pura espiritualidad del rostro.

Nunca crucé con Beatrice una palabra. Y, sin embargo, ejerció sobre mí la más honda influencia. Fijó ante mí su imagen, me abrió las puertas de un santuario, hizo de mí un devoto que reza arrodillado en un templo, bruscamente dejé de acudir a los cafés y a las correrías nocturnas de mis camaradas. Volví a poder estar solo y recobré el gusto de la lectura y de los largos paseos silenciosos.

Esta súbita conversión atrajo sobre mí las burlas de mis compañeros. Pero tenía de nuevo algo qué adorar, poseía de nuevo un ideal, la vida se mostraba de nuevo colmada de presagios en un misterioso, rosado alborear, y todos los sarcasmos se embotaron contra mi apacible insensibilidad. Volvía a ser dueño de mí mismo, aunque sólo como esclavo y servidor de una imagen venerada.

No puedo pensar, sin una cierta emoción, en aquel tiempo. Con íntimo, profundo esfuerzo, intenté hacer surgir de las ruinas de un periodo de mi vida un nuevo "mundo luminoso", y viví de nuevo entregado al solo deseo de derrocar en mí la oscuridad y el mal, y permanecer a plena luz, de rodillas ante mis dioses. Este nuevo "mundo luminoso" era, además, propia creación mía: no era ya una fuga en busca del refugio materno, de la seguridad irresponsable, sino una servidumbre estatuida por mí y que yo mismo me imponía, plena de responsabilidad y disciplina. La sexualidad, bajo cuyo imperio sufría y de la cual huía con esfuerzo infinito, debía depurarse en este fuego y convertirse en devoción y espíritu. No debía subsistir nada sombrío ni repulsivo —las noches atormentadas, las palpitaciones ante imágenes obscenas, el escuchar a través de puertas prohibidas—. En lugar de todo esto, erigí mi altar con la imagen de Beatrice y, al consagrarme a ella, me consagré al espíritu y a los dioses. Aquella parte de mi vida, que hube de sustraer a las potencias sombrías, la ofrecí en sacrificio a los poderes luminosos. Mi fin no era el placer, sino la pureza; no la felicidad, sino la espiritualidad y la belleza.

Este culto a Beatrice trasforma por entero mi vida. Ayer todavía un cínico prematuro, era hoy devoto ministro de un templo, con la aspiración de llegar a ser un santo. No sólo me aparté de la mala vida, a la que me había habituado, sino que traté de transformarlo todo, infundiendo en todo, hasta en lo más cotidiano —la comida, el lenguaje y el vestido—, pureza, nobleza y dignidad. Comenzaba por las mañanas con abluciones frías, a las que me costó mucho acostumbrarme. Me conducía severa y dignamente, y andaba erguido y con paso más lento y mesurado. Desde fuera, puede que todo esto resultara un tanto cómico, mas para mí era un puro servicio divino.

De todas las nuevas ocupaciones en las que hube de buscar una expresión a mi nuevo estado de ánimo, una llegó a adquirir singular importancia para mí. Encontraba que la reproducción de la Beatrice prerrafaelista no se parecía suficientemente a la muchacha de mis amores y decidí intentar por mí mismo su retrato. Con alegría y esperanza renovadas llevé a mi cuarto el papel más bonito que encontré, colores y pinceles, y dispuse cuidadosamente: paleta, platillos y lápices. Los finos colores, en sus tubitos de plomo, me llenaban de gozo. Aún me parece estar viendo resplandecer en el blanco platillo de porcelana un verde de cromo intenso y vibrante.

Procedí con prudencia. Considerando muy difícil pintar de buenas a primeras una cabeza, probé antes mis fuerzas en empresas más sencillas. Pinté motivos decorativos, flores y pequeños paisajes imaginarios, un árbol junto a una ermita, un puente romano con cipreses. A veces me abstraía por completo en aquel juego, sintiéndome feliz como un niño con su caja de pinturas. Por último comencé ya a pintar a Beatrice.

Los primeros intentos fracasaron totalmente. Cuanto más me esforzaba en representarme el rostro de la muchacha, a la cual veía de cuando en cuando en la calle, menos conseguía trasladar sus rasgos al papel. Por último, renuncié a ello y empecé a pintar simplemente una cara, siguiendo los caprichos de mi fantasía y las indicaciones que nacían espontáneamente de lo comenzado, del color y de la pincelada. Resultó así un rostro imaginario, un puro ensueño, que me satisfizo ya un poco. Sin embargo, proseguí los ensayos y cada nueva hoja fue mostrando mayor expresión y se acercó más al tipo buscado, aunque no, desde luego, a la realidad.

De este modo fui acostumbrándome más y más a abandonar el pincel a la sola guía del ensueño, trazando líneas y llenando superficies que no respondían a modelo alguno, producto inconsciente de tanteos caprichosos. Por último, un día, sin darme apenas cuenta, terminé una cara que me decía más que las anteriores. No era la de aquella muchacha, ni siquiera la recordaba. Era algo distinto, irreal, pero no menos valioso. Parecía más bien la cabeza de un adolescente que la de una muchacha; el cabello no era rubio claro como el de Beatrice, sino castaño, con un leve matiz rojizo; la barbilla, enérgica y firme, contrastaba con la boca roja y florida y el conjunto, un poco rígido, con algo de máscara, resultaba, sin embargo, impresionante y lleno de vida secreta.

La contemplación de aquella pintura despertó en mí una impresión singular. Me parecía como un ícono o una máscara sagrada, a medias masculina, y femenina a medias, sin edad, tan voluntariosa como soñadora, tan rígida como secretamente viva. Aquel rostro tenía algo que decirme, era algo mío, demandaba algo de mí. Y se parecía a alguien, no sabía yo a quién.

Este retrato acompañó ya todos mis pensamientos y compartió mi vida. Lo mantenía oculto en un cajón; nadie debía descubrirlo y burlarse de mí. Pero, en cuanto me hallaba solo en mi cuartito, lo sacaba y vivía con él. Por la noche lo sujetaba con un alfiler en la pared frontera a la cama, contemplándolo hasta que el sueño me vencía, y al despertar, mi primera mirada caía sobre él.

Precisamente por este tiempo volví a soñar muy a menudo, como siempre antes, de niño. Me parecía no haber tenido un solo sueño durante años enteros. Ahora surgían de nuevo, trayendo consigo imágenes muy distintas, y el rostro por mí pintado emergía una y otra vez en ellos, vivo y parlante, benévolo u hostil, contraído en una horrible mueca o infinitamente bello, armonioso y noble.

Y una mañana, al despertar de tales sueños, lo reconocí de pronto. Me miraba de un modo profundamente familiar, como si fuera a llamarme por mi nombre. Parecía conocerme desde siempre; como una madre. Con el corazón palpitante contemplé largo rato la pintura, los cabellos morenos y espesos, la boca marcadamente femenina, la frente recia, bañada de una singular claridad (espontáneo reflejo surgido al secarse los colores), y sentí que cada instante me aproximaba más al reconocimiento, al rencuentro, a la identificación vislumbrada.

Salté de la cama, fui hacia el retrato y me puse a considerarlo de cerca, clavando mis ojos en los suyos muy abiertos, verdosos y fijos, uno de los cuales, el derecho, quedaba un poco más alto que el otro. De repente, aquel ojo parpadeó, palpitó ligera y sutilmente, pero de un modo perceptible, y en aquel parpadeo identifiqué por fin el retrato...

¡Como pude tardar tanto en verlo! Era el rostro de Demian.

Más tarde comparé una y otra vez la pintura con los rasgos de mi amigo, tal como los conservaba mi memoria. No eran en modo alguno los mismos, aunque sí parecidos. Mas, a pesar de todo, era Demian.

Un atardecer, al principio del verano, el sol entraba oblicuo y rojo en mi cuarto, a través de la ventana, abierta al Poniente. La habitación iba quedando a oscuras. Se me ocurrió entonces sujetar el retrato de Beatrice o de Demian, sobre los cristales, viendo cómo lo atravesaba el resplandor crepuscular El rostro desapareció, desvanecido su contorno; pero los ojos, bordeados por un fulgor rojizo, el claro reflejo de la frente y la boca, intensamente roja, resaltaron ardientes, con profunda violencia. Largo rato permanecí ante la pintura aun después de haberse extinguido su fulgor. Y poco a poco fue apoderándose de mí la sensación de que no era Beatrice ni tampoco Demian a quien representaba, sino a mí mismo. No se me parecía —y yo sentía que tampoco debía parecérseme—; pero era lo que formaba mi vida, era mi interior, mi destino o mi demonio. Tal sería mi amigo, si alguna vez volvía a encontrar alguno. Así sería mi amante, si alguna vez la tenía. Así sería mi vida y así sería mi muerte; así eran el sonido y el ritmo de mi destino.

Por aquellos días había comenzado una lectura que me impresionó como ninguna otra anterior. Aun después, sólo muy pocas veces he vivido tan hondamente un libro; quizá sólo Nietzsche. Era un tomo de Novalis, con cartas y sentencias, muchas de las cuales no llegaba a comprender; pero que, sin embargo, me atraían y subyugaban todas. Una de estas sentencias acudió en aquel momento a mi memoria, y la escribí al pie del retrato: "Destino y espíritu son nombres de un solo concepto". Ahora ya la comprendía.

Todavía encontré varias veces a la muchacha, a la que había dado el nombre de Beatrice. No sentía ya emoción al verla; pero sí un suave recuerdo, una intuición sensible: "Estás ligada a mí; pero no tú misma, sino tan sólo tu retrato; eres una parte de mi destino".

Nuevamente se apoderó de mí el deseo de ver a Max Demian. Hacía ya años que nada sabía de él. Sólo una vez lo había encontrado, durante unas vacaciones. Ahora me doy cuenta que silencié en mis notas nuestra breve entrevista, y veo que lo hice por ahorrarme una vergüenza y una herida en mi vanidad. Repararé ahora mi omisión.

Durante unas vacaciones vagaba yo una tarde por las calles de mi ciudad natal, con la expresión desencantada y siempre un poco fatigada de mi época de excesos, blandiendo un bastoncillo y mirando con descaro los rostros envejecidos, pero siempre iguales, de los despreciados filisteos, cuando vi venir en sentido contrario a mi antiguo amigo. Su aparición me sobresaltó singularmente. La imagen de Franz Kromer relampagueó en mi recuerdo, y tuve el deseo de que Demian hubiese olvidado de verdad aquella historia. Me era muy desagradable sentir que le debía alguna gratitud. En realidad, aquello no había sido más que una tontería de chiquillos; pero, de todos modos, tenía que estarle agradecido.

Pareció esperar a ver si yo quería saludarle y cuando lo hice, esforzándome en mostrar la mayor naturalidad posible, me tendió la diestra. ¡Aquel era de nuevo su apretón de manos! ¡Firme, cálido, distante y, al mismo tiempo, viril!

Me miró atentamente a la cara, y dijo:

—Ya eres un hombre, Sinclair.

Él mismo no parecía haber cambiado en nada. Lo encontré tan maduro y tan joven como siempre.

Me abrazó y dimos un paseo hablando de cosas indiferentes, sin rozar para nada el pasado. Recordé haberle escrito tiempo atrás varias veces sin haber obtenido respuesta, y también deseaba que hubiera olvidado aquellas cartas tan simples. Nada me habló de ellas.

Ni Beatrice ni el retrato existían aún por entonces. Me hallaba todavía en pleno periodo de disipación. En las afueras de la ciudad le invité a entrar en una bodega. Con estúpida fanfarronería pedí una botella de vino, llené los vasos, brindé con él y vacié el mío de un trago, mostrándome muy al corriente de los usos estudiantiles.

—¿Vas mucho por los cafés? —me preguntó.

—¿Qué va uno a hacer, si no? —contesté con pereza—. Al fin y al cabo, es lo más divertido.

—¿Crees tú? Quizá tengas razón. Desde luego, hay en ello algo que tiene su belleza: la exaltación báquica. Pero yo encuentro que en la gente que anda todo el día de bodega en bodega se ha perdido por completo tal exaltación. Se ha convertido en un hábito y, a mi ver, de los más filisteos. Una noche de verdadera embriaguez y orgía, a la luz de las antorchas... ¡Eso sí! Pero pasarse la vida sentado ante una mesa, trasegando vaso tras vaso, ¿qué puede haber en ello de excitante? ¿Puedes imaginarte acaso a Fausto sentado una noche y otra en una tertulia de café?

Vacié mi vaso, dirigiendo a Demian una mirada hostil, y dije secamente:

—No todos podemos ser Fausto.

Demian me miró un poco desconcertado. Luego se echó a reír con su antigua espontánea superioridad:

—Está bien. ¿Para qué vamos a discutir? De todos modos, la vida de un borracho o de un libertino es probablemente más intensa que la del burgués irreprochable. Y, además —lo he leído no sé dónde—, la vida del libertino es una de las mejores preparaciones para el misticismo. Siempre son individuos como san Agustín los que luego se tornan videntes. También san Agustín comenzó por abandonarse al placer.

Lleno de desconfianza, y no queriendo dejarme dominar por Demian, respondí con aire indiferente:

—¡Lo mejor es que cada uno haga su gusto! Por mi parte he de confesar que no tengo el menor interés en llegar a ser un vidente ni cosa parecida.

Demian me lanzó una mirada penetrante por entre sus párpados entornados:

—Amigo Sinclair —dijo lentamente—, no he querido decirte nada desagradable. Además, ni tú ni yo sabemos con qué fin vacías ahora tus vasos. Pero aquello que constituye en ti la esencia de tu vida lo sabe ya perfectamente. Y siempre es bueno tener conciencia de que dentro de nosotros hay alguien que todo lo sabe, lo quiere y lo hace todo mejor que nosotros mismos. Pero me vas a perdonar que te deje ya. Tengo que volver a casa.

Nos despedimos brevemente. Yo permanecí en la bodega, invadido por un oscuro mal humor; acabé de vaciar la botella, y al marcharme supe que Demian había pagado el gasto. Este detalle aumentó mi irritación.

Mis pensamientos se detuvieron ahora en este pequeño suceso. Demian los llenaba todos. Y las palabras que me había dicho en aquella bodega de las afueras emergieron de nuevo con singular actualidad en mi memoria: "Siempre es bueno tener conciencia de que dentro de nosotros hay alguien que lo sabe todo..."

Contemplé de nuevo el retrato colgado en la ventana, extinguido ya por completo. Pero aún veía brillar sus ojos. Era la mirada de Demian. O de aquel que había dentro de mí y lo sabía todo.

Mi deseo de volver a encontrar a Demian se hacía cada vez más ardiente. No tenía noticia alguna de él ni sabía cómo contactarlo. Sólo sabía que, al terminar sus estudios en el liceo, había abandonado con su madre nuestra ciudad, probablemente para continuarlos en otro centro superior.

Lentamente fui evocando todos mis recuerdos de Max Demian, hasta mi aventura con Franz Kromer. Sus palabras perduraban vivas en mí y entrañaban un sentido actual y presente. También lo que en nuestra última ingrata entrevista me había dicho sobre el libertino y el santo surgía ahora, claramente, ante mi alma. ¿No era quizá precisamente aquello lo que me había sucedido? ¿No había vivido acaso en la embriaguez y en el fango, en la disipación y en el desorden, hasta que un nuevo impulso vital había despertado en mí precisamente lo contrario, el ansia de pureza y la nostalgia de la santidad?

La noche había cerrado mientras yo continuaba absorto en esta evocación. Fuera, caía mansamente la lluvia. También en mi recuerdo la oía yo caer. Era el de nuestro encuentro en la plaza, bajo los castaños, cuando Demian me interrogó sobre mis relaciones con Franz Kromer y adivinó mis primeros secretos. Enlazándose unos a otros, continuaron emergiendo los recuerdos: conversaciones camino del colegio, la clase de religión. Y, por último, surgió el de mi primer encuentro con Max Demian. ¿De qué hablamos entonces? Al principio, no conseguí encontrarlo en mi memoria; pero mi lenta y absorta evocación acabó por traerlo también de nuevo a ella. Después de haberme expuesto su teoría sobre Caín, se había detenido conmigo ante mi casa y me había hablado de las armas esculpidas sobre la puerta y medio borradas ya por la acción del tiempo. Había dicho que le interesaban mucho y que siempre era bueno conceder alguna atención a tales cosas.

Al acostarme soñé con Demian y con el escudo de nuestra casa. Éste cambiaba constantemente. Demian lo sostenía en sus manos y tan pronto aparecía pequeño y gris como grande y pintado de vivos colores; pero mi amigo me explicaba que, a pesar de todo, era siempre uno y el mismo. Por último, me obligaba a comérmelo, y de pronto sentía, con espanto indecible, que el pájaro heráldico adquiría vida en mí y comenzaba a devorarme las entrañas. Presa de mortal angustia, desperté.

Era noche cerrada y la lluvia penetraba en el cuarto por la ventana abierta. Me levanté a cerrarla y al atravesar la habitación pisé algo que yacía en el suelo. Por la mañana vi que había sido mi pintura. Con la humedad se había arrugado toda. La puse a secar en un libro, entre papel secante, y al cabo de unos cuantos días, cuando fui a verla, la encontré en buen estado; pero algo cambiada. La boca se había afinado un poco y no era ya tan roja. Ahora era exactamente la de Max Demian.

Aquella misma mañana comencé un nuevo dibujo, que debía representar al pájaro heráldico. No recordaba ya muy exactamente cómo era y, además, sabía que ni aun de cerca hubiera sido posible reconocer todos sus detalles, desvanecidos por el tiempo y por sucesivas capas de pintura. El pájaro estaba posado sobre algo, sobre una flor, un cesto, un nido o una copa de árbol. Sin ocuparme de lo que fuese, comencé a pintar aquella parte de la que conservaba una idea más precisa, y, guiado por un oscuro impulso interior, utilicé desde luego los colores más vivos de mi paleta, dando a la cabeza del pájaro un ardiente tono dorado. Luego continué dando rienda suelta a mi capricho, y en el término de unos días quedó concluida la pintura.

El pájaro, un ave de rapiña, con cabeza de gavilán, aguda y valiente, aparecía con medio cuerpo dentro de una oscura esfera terrestre, surgiendo de ella como de un huevo gigantesco sobre un fondo azul celeste. Cuanto más contemplaba mi obra más me parecía ser aquel el escudo de vivos colores que había visto en mi sueño.

Aunque hubiera sabido las señas de Demian no me hubiera sido posible escribirle. Pero, guiado por aquella misma oscura intuición que por entonces dirigía todos mis actos, decidí enviarle mi dibujo, llegase o no a sus manos. Sin escribir nada en él, ni siquiera mi nombre, corté cuidadosamente sus bordes, compré un sobre grande y lo dirigí al domicilio antiguo de mi amigo, en mi ciudad natal. Luego lo eché al correo.

Se aproximaban los exámenes y tenía que trabajar más que antes. Los profesores me habían vuelto a mirar con buenos ojos desde que observaron que mi conducta había cambiado de repente. No era aún, desde luego, un buen alumno: pero nadie pensaba ya, ni tampoco yo mismo, que seis meses antes se preveía como cosa segura mi definitiva expulsión de la escuela.

Mi padre volvía a escribirme ahora como en un principio, sin reproches ni amenazas. Mas, por mi parte, no sentía deseo alguno de explicar a nadie cómo se había desarrollado en mí aquella trasformación. Si coincidía con los deseos de mis padres y profesores era por pura casualidad. No me llevaba junto a los demás, no me acercaba a nadie; me hacía mucho más solitario. Tendía hacia un punto ignorado, hacia Demian, hacia un destino lejano. Yo mismo no lo sabía, me hallaba en su corriente y me abandonaba a ella. Había comenzado con Beatrice; pero desde algún tiempo atrás vivía yo con mis dibujos y mis recuerdos de Demian, en un mundo tan irreal que también ella desapareció por completo de mis ojos y de mi pensamiento. A nadie hubiera podido decir una sola palabra de mis sueños, de mis esperanzas ni de mi trasformación interior aunque lo hubiera querido.

Pero, ¿cómo hubiera podido quererlo?

Capítulo V
El pájaro rompe el cascarón

El ave de mi sueño se hallaba de camino en busca de mi amigo cuando, por maravilla, me llegó una respuesta.

Un día, al ocupar mi sitio en la clase, después de un recreo, encontré en mi libro un papelito, doblado en la forma acostumbrada entre nosotros cuando queríamos comunicarnos algo durante la lección. A pesar de esta forma familiar, no dejó de sorprenderme tal hallazgo, pues por entonces no mantenía este género de comunicación con ninguno de mis condiscípulos, no podía imaginar, por lo tanto, quién me escribía. Pensé que sería una invitación a cualquier burla escolar, en la que no había de tomar parte, y, sin pararme a leer lo escrito, volví a dejar el papel entre las hojas del libro.

Luego, durante la lección, volvió a caer en mis manos. Jugueteando con él, lo desdoblé sin pensar. Contenía tan sólo un par de líneas. Al repasarlas distraídamente, mis ojos permanecieron fijos en una palabra. Sobrecogido, leí, mientras mi corazón se contraía ante el destino, como invadido por un repentino hedor:

"El pájaro rompe el cascarón. El huevo es el mundo. El que quiere nacer tiene que romper un mundo. El pájaro vuela hacia dios. El dios se llama Abraxas."

Después de leer varias veces estas líneas, caí en una honda meditación. No había duda; era la respuesta de Demian. Sólo él y yo conocíamos aquel pájaro. Había recibido mi dibujo. Había comprendido y me ayudaba a interpretar. Pero, ¿qué relación tenía todo aquello entre sí?, y sobre todo, ¿quién era aquel misterioso Abraxas? No recordaba haber oído ni leído nunca antes tal nombre. ¡El dios se llama Abraxas!

La clase pasó sin que llegase a mí una sola palabra de las explicaciones del profesor. Luego comenzó la siguiente, última ya de la mañana. Esta clase final era explicada por un profesor auxiliar muy joven, recién salido de la Universidad y que gozaba de nuestra simpatía por su juventud y porque no tomaba con nosotros aire ninguno de superioridad.

En aquel curso leíamos, bajo su dirección, a Herodoto. Esta lectura era una de las pocas tareas escolares que habían llegado a interesarme. Sin embargo, aquel día tampoco llegó a captar mi atención. Había abierto maquinalmente el libro, pero no seguía la traducción y permanecía absorto en mis reflexiones. Además, había comprobado ya repetidas veces la exactitud de lo que Demian me había dicho un día en la clase de religión. Aquello que uno quería de verdad y con fuerza suficiente lo conseguía siempre. Cuando durante una clase me abstraía honda e intensamente en mis pensamientos propios podía tener la seguridad de que el profesor me dejaría en paz, cosa que no sucedía cuando estaba simplemente distraído o adormilado. Pero cuando uno pensaba de verdad, cuando se abstraía realmente en sus ideas, entonces estaba uno protegido. También había experimentado y comprobado el poder de la mirada. Antes, en los tiempos de Demian, no conseguía obtener resultado alguno; pero ahora sabía ya por experiencia que con la mirada y el pensamiento podía hacerse mucho.

Permanecía, pues, sumido así en mis meditaciones, lejos de Herodoto y del colegio, cuando de repente la voz del profesor penetró como un rayo hasta mi conciencia; haciéndome volver sobresaltado a la realidad. Oí su voz, vi que se hallaba junto a mí y creí ya que había pronunciado mi nombre. Pero no me miraba. Respiré.

En esto volví a oírle, pronunciaba un nombre: "Abraxas".

Continuando una explicación, cuyo principio se me había escapado, decía:

En cuanto a las doctrinas de aquellas sectas y comunidades místicas de la antigüedad no debemos suponerlas tan simples e ingenuas como nos lo parecen desde un punto de vista estrictamente racionalista. La antigüedad no poseía una ciencia en nuestro sentido actual; pero, en cambio, llevaba a cabo una profunda elaboración mental de toda una serie de verdades filosófico-místicas. De ella surgió, en parte, la magia, que, desde luego, condujo con frecuencia a la impostura y al crimen. Pero también la magia tenía un noble origen y entrañaba ideas muy profundas. Así la doctrina de Abraxas, que antes mencioné como ejemplo. Este nombre aparece citado en varias fórmulas mágicas de la antigua Grecia, y se ha supuesto que era el de un espíritu maligno como los que todavía son temidos y conjurados entre los pueblos salvajes. Sin embargo, otras hipótesis adscriben a Abraxas una mayor importancia, viendo en él una divinidad encargada de la función simbólica de reunir en sí lo divino y lo demoniaco.

El joven erudito continuó celosamente su explicación, que la clase no seguía sino a medias, y como el nombre de Abraxas no volvió a surgir en ella, también mi atención retornó de nuevo a mis propios pensamientos.

"Reunir lo divino y lo demoniaco". Estas palabras resonaban aún en mí. A ellas enlacé ahora mis reflexiones. Me eran ya familiares desde mis diálogos con Demian en los últimos tiempos de nuestra amistad. Demian me había dicho por entonces que el dios al que rendíamos culto no representaba sino una mitad del mundo, arbitrariamente disociada (el mundo oficial y permitido, el mundo "luminoso"), y así, para poder adorar al mundo en su totalidad, como era debido, había que hallar un dios que fuera demonio al mismo tiempo, o establecer, junto al culto divino, también un culto al demonio. Y ahora resultaba ser Abraxas la divinidad que era dios y demonio al mismo tiempo.

Durante largos días intenté con vano empeño seguir aquella pista. Sin resultado alguno revolví toda una biblioteca en busca de Abraxas. Mi naturaleza no se había adaptado nunca a esta clase de investigación directa y consciente, que sólo nos procura, en un principio, verdades con las que no sabemos qué hacer.

La imagen de Beatrice, que tan plena y profundamente había ocupado mi espíritu durante tanto tiempo, se hundió poco a poco en la sombra o, mejor, partió lentamente de mí acercándose paso a paso al horizonte, cada vez más desvanecida, lejana y pálida. No bastaba ya a mi alma.

En mi singular existencia de sonámbulo, enclaustrada en sí misma, se inició ahora un nuevo brote. Floreció en mí la nostalgia de la vida, y el ansia de amor y el instinto sexual, disueltos por algún tiempo en mi adoración a Beatrice, reclamaron nuevas imágenes y nuevos fines. Pero tales deseos seguían sin encontrar cumplimiento, y también me era más imposible que nunca engañar mis anhelos y esperar algo de las muchachas junto a las cuales buscaban mis camaradas su felicidad. Otra vez comencé a soñar intensamente, y más aún durante el día que por las noches. A cada momento emergían en mí ideas, imágenes o deseos que me apartaban del mundo exterior, y de este modo llegué a vivir y a tratar más realmente con estos sueños o estas sombras que con aquello que la realidad auténtica me ofrecía.

Un cierto sueño o una fantasía, constantemente repetido, llegó a adquirir máxima significación. Este sueño, el más importante y tenaz de toda mi vida, era, aproximadamente, como sigue. Yo regresaba a la casa paterna. Encima de la puerta resplandecía el pájaro heráldico, amarillo sobre fondo azul. Mi madre salía a mi encuentro; pero cuando yo entraba y me disponía a abrazarla, no era ya ella, sino una figura nunca vista, alta y majestuosa, parecida a Max Demian y a mi primer dibujo; pero, al mismo tiempo, distinta y, a pesar de su arrogancia, completamente femenina. Esta figura me atraía a sí y me acogía en un amoroso abrazo profundo y ardiente, un abrazo que me producía delicia y espanto, que era un culto divino y al mismo tiempo un delito. La figura que así me enlazaba me recordaba demasiado a mi madre y demasiado también a Max Demian. De este sueño despertaba, unas veces, colmado de felicidad, y otras, poseído de una angustia mortal y de remordimiento, como si acabase de cometer un terrible pecado.

Sólo muy poco a poco y de un modo inconsciente fue estableciéndose un enlace entre esta imagen puramente interior y la indicación llegada a mí desde el exterior sobre el dios que había de ser buscado. Pero este enlace se hizo luego cada vez más estrecho e íntimo y comencé a sentir que precisamente en aquel sueño conjuraba a Abraxas. Delicia y espanto, hombre y mujer mezclados, lo más santo y lo más nefando confundidos, honda culpa palpitante bajo la más tierna inocencia; así era mi sueño de amor y así era Abraxas. El amor no era un oscuro instinto animal, como en un principio lo había yo sentido; ni era tampoco una piadosa adoración espiritual, como la que yo había consagrado a la imagen de Beatrice. Era ambas cosas, ambas y muchas más: era ángel y demonio, hombre y mujer en uno, hombre y animal, sumo bien y profundo mal. Lo deseaba y lo temía; pero estaba siempre presente, siempre por encima de mí.

A la primavera siguiente debía abandonar el liceo para seguir estudiando en otro lado, aunque no sabía dónde ni el qué. Un bigote incipiente cubría mi labio superior, era ya un hombre, y, sin embargo, permanecía aún completamente inerme y no tenía ante mí fin ninguno determinado. Lo único fijo en mí era mi voz interior y la imagen de mi sueño. Sentía el deber de seguir ciegamente aquella guía. Pero me era harto difícil, y todos los días me rebelaba contra él. A veces pensaba si estaría loco o no sería quizá como los demás hombres. Mas, por otro lado, podía ejecutar todo lo que ellos hacían. Con un poco de aplicación y de trabajo podía leer a Platón, resolver problemas trigonométricos y seguir un análisis químico. Sólo una cosa me era imposible: arrancar el oscuro fin oculto en mi interior y proyectarlo fuera de mí, en cualquier lado; como lo hacían otros que tenían la seguridad de querer llegar a ser profesores o jueces, médicos o artistas, y sabían cuánto tardarían en serlo y qué ventajas les reportaría. Para mí era imposible. Quizá llegase un día a ser algo semejante, pero, ¿cómo podía saberlo ahora? Quizá tuviese que buscar y rebuscar el camino años y años y no llegase a ser nada ni alcanzase ningún fin. Y quizá lo alcanzase, pero un fin perverso, peligroso y temible.

Quería tan sólo intentar vivir aquello que tendía a brotar espontáneamente de mí. ¿Por qué había de serme tan difícil?

Varias tentativas de pintar la poderosa figura amante de mi sueño fracasaron por completo. Si lo hubiese logrado, habría enviado a Demian la pintura. ¿Dónde se encontraba? No lo sabía. Sólo sabía que entre nosotros perduraba un lazo. ¿Cuándo volvería a verlo?...

La amable tranquilidad de aquellos meses de la época de Beatrice se había desvanecido hacía mucho. Por entonces creía haber hallado la paz en una isla afortunada. Pero así era siempre; apenas una situación llegaba a serme grata o me hacía algún bien un sueño, perdían ya su lozanía y su poder, siendo inútil tratar de renovarlos. Ahora vivía en un continuo ardor de anhelos incumplidos, en una incesante espera tensa que llegaba a menudo a enloquecerme. La imagen amada de mi sueño surgía con frecuencia ante mí con más claridad y precisión que si se tratase de un ser real; la veía mejor que a mis propias manos, y hablaba con ella, lloraba ante ella y la maldecía. La llamaba madre y me arrodillaba a sus pies, la nombraba amor y presentía su beso maduro y saciante, la llamaba demonio y prostituta, vampiro y asesino. Me inspiraba tiernos sueños de amor y procaces obscenidades, para ella nada era demasiado bueno y precioso ni tampoco demasiado malo y bajo.

Durante todo aquel invierno viví en una tempestad interior que me es difícil describir aquí. Habituado ya a la soledad, no me pesaba, y vivía con Demian, con el gavilán simbólico y con aquella imagen de mi sueño que era mi amada y mi destino. Con ello le bastaba a mi vida, pues todo era grande y vasto y todo señalaba hacia Abraxas. Pero ninguno de estos sueños, ninguno de mis pensamientos, me obedecía; no me era posible someter a mi voluntad su emergencia ni darles a mi capricho su color. Venían y se apoderaban de mí; era dominado por ellos, era por ellos vivido.

En cambio, me encontraba protegido contra el mundo exterior. Ningún hombre me inspiraba miedo. Mis condiscípulos lo habían adivinado así, y me mostraban un oculto respeto que a veces me hacía sonreír. Cuando quería, podía penetrar sin dificultad sus más íntimos pensamientos, dejándoles asombrados. Pero casi nunca, o sólo muy pocas veces. Siempre estaba ocupado conmigo mismo, siempre conmigo mismo. Y mi mayor deseo era vivir, por fin, un poco, dar algo de mí al mundo exterior, entrar en contacto y en lucha con él. Algunas veces, vagando de noche por las calles, sin que la inquietud me permitiera regresar a casa hasta la madrugada, pensaba que mi amada no podía tardar ya en salir a mi encuentro y que la hallaría al doblar la esquina siguiente o me llamaría desde la próxima ventana. Otras veces me parecía cruelmente intolerable todo esto e imaginaba que tendría que quitarme la vida.

Por estos días, la "casualidad", según el dicho corriente, me hizo encontrar un singular refugio. Pero no hay tales casualidades. Cuando alguien, que de verdad necesita algo, lo encuentra, no es la casualidad quien se lo procura, sino él mismo. Su propio deseo y su propia necesidad le conducen a ello.

En mis andanzas por la ciudad había oído dos o tres veces, al pasar frente a una capilla de las afueras, el sonido del órgano, sin haberme detenido a escucharlo. Pero, al advertirlo de nuevo, cuando otra vez pasé por aquel sitio, me paré a oír y reconocí un coral de Bach. Llegué a la puerta de la capilla, la encontré cerrada y, como por aquella calleja pasaba poca gente, me senté en un guardacantón, junto a la entrada, y me puse a escuchar. El órgano, aunque no muy potente, era bueno, y el organista tocaba de maravilla, con una expresión personalísima de voluntad y tenacidad, que sonaba como una oración. Experimenté la impresión de que el hombre que allí estaba sentado ante el teclado sabía que aquella música encerraba un tesoro y se afanaba en sacarlo a luz, como si le fuera en ello la vida. Técnicamente, no entiendo gran cosa de música; pero desde niño he comprendido, por instinto, esta expresión del alma y he sentido en mí la afición musical como algo natural e innato.

El músico tocó después una obra moderna, quizá algo de Reger. La capilla aparecía casi a oscuras, sólo un incierto resplandor se filtraba a través de una de las ventanas. Esperé a que la música terminase y paseé luego por delante de la capilla, hasta ver salir al organista. Era un hombre joven aún, pero mayor que yo, de figura robusta y achaparrada, y andaba de prisa, con paso firme y como autómata.

Todavía acudí a la capilla varios otros atardeceres, sentándome junto a la entrada o paseando a lo largo de la fachada. Una vez encontré abierta la puerta y permanecí media hora en el interior solitario y frío, mientras el organista tocaba arriba, a la pálida luz de un mechero de gas. En su música no le oía solamente a él mismo. Me parecía también que todas las cosas que tocaba eran afines entre sí, que todas ellas estaban enlazadas por una secreta conexión. Todo lo que tocaba era creyente, era ferviente y piadoso; pero no piadoso como los beatos y los clérigos, sino como los peregrinos y los mendigos de la Edad Media; piadoso con una entrega plena a un sentimiento del mundo, superior a todas las confesiones. Los maestros anteriores a Bach y los antiguos italianos eran interpretados con exquisito cuidado. Y todos decían lo mismo, todos decían aquello que también el organista llevaba en su alma: nostalgia, íntima aprehensión del mundo y violenta separación de él, tensa atención ardiente a los movimientos de la propia alma oscura, fervorosa entrega y profunda curiosidad de lo maravilloso.

Una tarde seguí disimuladamente al organista, a su salida de la capilla, y le vi entrar en una taberna de las afueras. No pude contenerme y entré detrás de él. Por vez primera podía considerarlo a mi sabor. Estaba sentado en un rincón, ante una jarra de vino, y conservaba puesto su sombrero de fieltro negro y anchas alas. Su rostro era tal y como yo lo había imaginado. Era feo y violento, inquirente y obstinado, terco y voluntarioso; pero, al mismo tiempo, en la parte de la boca, blando e infantil. La virilidad y la fuerza se concentraba toda en los ojos y en la frente, mientras que la parte baja del rostro era tierna y como inacabada, imprecisa y débil. La barbilla, adolescente e indecisa, contradecía la frente y la mirada. Lo que más me complacía eran los ojos, llenos de orgullo y hostilidad.

Silenciosamente fui a sentarme en una banqueta frontera a la suya, En la taberna no había nadie más. Al advertir mi presencia me miró irritado, como si quisiera echarme de allí. Pero yo sostuve la mirada, hasta hacerle exclamar con rudo acento:

—¿Por qué me mira usted de ese modo? ¿Quiere usted algo de mí?

—No, no quiero nada de usted —respondí—. Y, sin embargo, ya me ha dado usted mucho.

Arrugó el entrecejo:

—¡Ah! ¿Es usted aficionado a la música? A mí me parece tonta esa afición.

Sin dejarme intimidar, repliqué:

—Le he oído muchas veces en la capilla esa de las afueras. Pero no quiero molestarle. Pensaba que encontraría en usted algo, algo especial, no sé bien el qué. Por lo demás, no tiene usted que ocuparse de mí para nada. Puedo seguir oyéndole en la capilla.

—Cierro siempre la puerta.

—Hace poco se olvidó usted, y estuve dentro, oyéndole tocar. Otras veces me quedo fuera o me siento junto a la puerta.

—¿Ah, sí? En adelante puede usted entrar. No tiene usted más que llamar a la puerta. Pero fuerte, y nunca mientras yo esté tocando.

Ahora, suelte usted ya lo que quería decirme. Es usted muy joven, probablemente colegial o estudiante. ¿Es usted músico?

—No. Me gusta oír música; pero sólo como la que usted toca, música totalmente incondicionada, en la que se siente que un hombre conjura el cielo y el infierno. Creo que si la música me gusta tanto es por su carencia de moralidad. Todo lo demás es moral, y yo busco algo que no lo es. Lo moral no me ha procurado nunca nada que no fuera doloroso. Pero no logro expresarme bien... ¿Sabe usted ya que ha de haber un dios que es dios y demonio al mismo tiempo? He oído decir que ya hubo uno.

El músico echó hacia atrás su sombrero de anchas alas y los oscuros cabellos que caían sobre su ancha frente. Luego me miró penetrantemente e inclinó hacia mí su rostro, por encima de la mesa.

En voz baja y vibrante preguntó:

—¿Cómo se llama ese dios de que usted habla?

—Por desgracia no sé casi nada de él; en realidad, sólo su nombre. Se llama Abraxas.

El organista miró desconfiado en torno suyo, como si alguien pudiera espiarnos. Luego se acercó más a mí y murmuró:

—Ya me lo había figurado. ¿Quién es usted?

—Soy un alumno del liceo.

—¿Cómo ha sabido usted de Abraxas?

—Por casualidad.

Dio un puñetazo en la mesa con tal fuerza que el vino saltó de su vaso:

—¡Por casualidad! No diga usted majaderías. Sepa usted que cuando se llega a tener noticia de Abraxas no es nunca por casualidad. Yo le diré algo más de él.

Calló y volvió a retirar su silla. Al ver que le miraba, ansioso de oír sus revelaciones, hizo un gesto negativo:

—No, aquí no. Otra vez... Tome usted ahora.

Y metiendo la mano en el bolsillo del abrigo, que conservaba puesto, sacó y me tendió un par de castañas asadas.

Las tomé y las comí en silencio. Me sentía contento.

—Vamos a ver —murmuró al cabo de un rato—. ¿Cómo ha sabido usted de... él?

No vacilé en contárselo:

—Fue en una época en la que me sentía solitario y perplejo. Me acordé entonces de un amigo mío de años anteriores, del que sospecho que sabe muchas cosas, y decidí enviarle un dibujo mío, que representaba un pájaro saliendo, de una esfera terrestre. Algún tiempo después, cuando ya desconfiaba de obtener respuesta, llegó a mis manos un papel con las siguientes líneas: "El pájaro rompe el cascarón. El huevo es el mundo. El que quiere nacer tiene que romper el mundo. El pájaro vuela hacia dios. El dios se llama Abraxas".

Sin responderme nada, el músico siguió pelando sus castañas y bebiendo su vino:

—¿Tomamos otra jarra? —me preguntó luego.

—No, muchas gracias. No me gusta beber.

Se echó a reír, un poco defraudado:

—¡Como usted quiera! A mí me pasa lo contrario y voy a quedarme aquí todavía un rato. Usted puede marcharse ya, si quiere.

La siguiente vez que fui a encontrarle a la capilla no se mostró nada comunicativo. Por una calle antigua y solitaria me condujo a un viejo caserón, de aspecto bien cuidado, y, a través de él, hasta un cuarto espacioso, un tanto sombrío y desarreglado, en el que, aparte de un piano, nada recordaba la música, mientras que un gran estante de libros y una amplia mesa de escribir le daban un aspecto erudito.

—¡Cuántos libros tiene usted! —exclamé admirado.

—Parte de ellos pertenecen a la biblioteca de mi padre, con el cual vivo... Sí, vivo todavía con mis padres; pero no puedo presentarle a ellos, porque mi trato no es precisamente muy estimado en esta casa. Ha de saber usted que yo soy un hijo descarnado. Mi padre es un hombre extraordinariamente honorable, uno de los sacerdotes y predicadores más importantes de esta ciudad. Y, para enterarle a usted ya de todo, le diré que yo soy su señor hijo, persona muy inteligente y que prometía mucho, pero que se ha apartado del buen camino y está un poco chiflado. Estudiaba Teología, y poco antes de la licenciatura abandoné tan honrada Facultad. Aunque, en cierto modo, siga dentro de la carrera en cuanto a mis estudios particulares. Siempre me ha interesado mucho y me ha parecido muy importante ver qué dioses se han ido creando las gentes. Por lo demás, ahora soy músico y, según parece, estoy próximo a obtener una modesta plaza de organista. Así volveré de todos modos a pertenecer a la iglesia.

A la escasa luz de un pequeño quinqué, colocado sobre la mesa, eché una ojeada al estante de libros y pude ver títulos griegos, latinos y hebreos. Entre tanto, mi nuevo amigo se había tumbado en el suelo, cerca de la pared, sin que yo pudiese ver lo que allí hacía medio a oscuras. Al cabo de un rato, me llamó:

—Venga usted acá. Vamos a hacer un poco de filosofía, esto es, a callar el pico, tumbarnos boca abajo y pensar.

Encendió un cerillo y prendió las teas dispuestas en la chimenea, ante la cual se hallaba, y que yo no había advertido hasta entonces. La llama se elevó, alta, y mi huésped atizó y alimentó el fuego con exquisito cuidado. Yo me eché a su lado sobre la alfombra gastada, y, como él, clavé mis ojos en el fuego. Durante cerca de una hora permanecimos en silencio, tumbados boca abajo ante los leños crepitantes, y los vimos llamear y arder, retorcerse y hundirse, palpitar y chisporrotear, hasta deshacerse en un ardiente brasero silencioso.

—La adoración del fuego no ha sido de lo más tonto que se ha inventado —murmuró una vez entre dientes mi acompañante.

Fuera de esto, ninguno de los dos pronunciamos una sola palabra. Con los ojos fijos en el fuego y sumido en un hondo ensueño silencioso, veía figuras en el humo y formas en la ceniza. Una vez quedé sobrecogido. Mi compañero había arrojado al fuego un pedacito de resina, del que surgió una breve llama esbelta, en la que creí ver el pájaro de mi dibujo, con su amarilla cabeza de gavilán. En la brasa surgían dorados hilos ardientes formando caprichosas redes y aparecían letras y figuras, recuerdos de rostros, de animales, de plantas, gusanos y serpientes. Cuando desperté de mi ensueño y volví la vista, mi compañero miraba la ceniza con fanática fijeza.

—Tengo que irme —dije en voz baja.

—Está bien. Váyase. Hasta la vista.

No se levantó, y, como la lámpara se había apagado, tuve que andar trabajosamente a tientas a través del cuarto y luego por los corredores y escaleras, hasta ganar la salida del viejo caserón. Al llegar a la calle me detuve y examiné la fachada. Ninguna de las ventanas dejaba escapar el más mínimo resplandor. Una placa de bronce relucía en el portal, a la luz de un farol vecino: "Pistorius, párroco", leí en ella.

Sólo al volver a casa y pasar a mi cuarto, después de la cena, caí en que no había averiguado nada sobre Abraxas ni tampoco gran cosa sobre el mismo Pistorius, y que, en realidad, apenas habíamos cambiado diez palabras. Pero me sentía muy satisfecho de mi visita a su casa. Además, para la próxima vez me había prometido hacerme oír un exquisito trozo de música antigua para órgano: un pasacalle de Buxtehude.

Sin que yo lo supiera, el organista Pistorius me había dado una primera lección mientras estaba tumbado junto a él, en el suelo, ante la chimenea de su triste cuarto de solitario. La contemplación del fuego me había hecho bien, había confirmado y fortificado en mí tendencias que siempre había entrañado, pero que jamás me había cuidado de fomentar. Poco a poco fui apreciándolas fragmentariamente con mayor claridad.

Ya de niño me había gustado contemplar las formas extrañas de la naturaleza, pero no como un observador que investiga, sino abandonándome a su peculiar encanto, a su profundo lenguaje complicado. Las largas raíces rampantes de los árboles, las vetas jaspeadas de las piedras, las gotas de aceite sobrenadando en el agua, las grietas del cristal, todas las cosas de este género habían tenido en tiempos, para mí, un singular encanto, como también el agua y el fuego, el humo, las nubes, el polvo y, sobre todo, las luminosas manchas movidas que veía al cerrar los ojos. En los días siguientes a mi visita a Pistorius comenzó a atraerme de nuevo todo ello, pues advertí que una cierta sensación de alegría y de fuerza, surgida en mí después de aquella tarde, una intensificación de mi conciencia, de mí mismo, la debía por entero a mi larga contemplación del fuego, benéfica y enriquecedora.

A las escasas afirmaciones cosechadas hasta entonces por mí en el camino hacia el fin verdadero de mi vida, se agregó ahora esta nueva: la contemplación de estos productos, el abandono a las formas irracionales, singulares y enrevesadas de la naturaleza, engendra en nosotros un sentimiento de la coincidencia de nuestro interior con la voluntad que las hizo nacer y acaban por parecernos creaciones propias, obra de nuestro capricho; vemos temblar y disolverse las fronteras entre nosotros y la naturaleza, y conocemos un nuevo estado de ánimo en el que no sabemos ya si las imágenes reflejadas en nuestra retina proceden de impresiones exteriores o interiores. Ninguna otra práctica nos descubre tan fácil y sencillamente como ésta hasta qué punto somos también nosotros creadores y cómo nuestra alma participa siempre en la continua creación del mundo. Una misma divinidad indivisible actúa en nosotros y en la naturaleza, y si el mundo exterior desapareciese, cualquiera de nosotros sería capaz de reconstruirlo, pues la montaña y el río, el árbol y la hoja, la raíz y la flor, todo lo creado en la naturaleza, está previamente creado en nosotros, proviene del alma, cuya esencia es eternidad, esencia que escapa a nuestro conocimiento, pero que se nos hace sentir como fuerza amorosa y creadora.

Sólo muchos años después encontré confirmada esta observación en un libro, un tratado de Leonardo de Vinci, en el que hablaba de lo atractivo y sugeridor que es contemplar una pared sobre la cual ha escupido mucha gente. Ante aquellas manchas de la pared húmeda sentía Leonardo lo mismo que Pistorius y yo ante el fuego.

En nuestra siguiente entrevista me dio Pistorius una explicación:

—Suponemos siempre demasiado estrechos los límites de nuestra personalidad. Adscribimos tan sólo a nuestra persona aquello que distinguimos como individual y divergente. Pero cada uno de nosotros es en el ser total del mundo, y del mismo modo que nuestro cuerpo integra toda la trayectoria de la evolución, hasta el pez e incluso más atrás aún, llevamos también en el alma todo lo que desde un principio ha vivido en las almas de los hombres. Todos los dioses y todos los demonios habidos, sea entre los griegos, los chinos o los cafres, todos están con nosotros, están presentes, como posibilidades, deseos o caminos. Si toda la humanidad muriese, con la única excepción de un solo niño medianamente dotado, este niño superviviente volvería a hallar el curso de las cosas y podría crearlo otra vez todo, dioses, demonios y paraísos, mandamientos e interdicciones, antiguos y nuevos testamentos.

—Está bien —le objeté—. Pero, entonces, ¿dónde queda el valor del individuo? ¿Por qué aspiramos aún hacia algo, si todo lo llevamos ya acabado en nosotros?

—¡Alto! —exclamó Pistorius con fuerza—. Hay mucha diferencia entre que llevemos simplemente en nosotros el mundo o que, además, lo sepamos. Un loco puede exponer ideas que recuerden a Platón y un colegial piadoso crea, en su imaginación, profundas conexiones mitológicas que aparecen en las doctrinas de los gnósticos o de Zoroastro. ¡Pero no lo sabe! Y, mientras no lo sabe, es un árbol o una piedra, y, en el mejor caso, un animalito. No creo que vea usted hombres en todos los bípedos que van por esas calles, simplemente porque andan erectos y llevan en sí nueve meses a sus crías. Sabe usted muy bien que muchos de ellos no son sino peces u ovejas, gusanos o sanguijuelas, hormigas o avispas. Todos ellos entrañan posibilidades de llegar a ser hombres, pero sólo cuando las vislumbran y aprenden a llevarlas en parte a su conciencia es cuando puede decirse que disponen de ellas...

De este tipo eran siempre nuestros diálogos. Rara vez me aportaban algo completamente nuevo, algo por completo sorprendente. Pero todos ellos, hasta los más nimios, herían en mí, con suave martilleo incesante, el mismo punto interior; todos me ayudaban a construir en mí, a desprenderme de una piel vieja, a romper un cascarón, y, después de cada uno de ellos, mi frente se alzaba más alta y libre, hasta que la bella cabeza aquilina de mi dorado pájaro surgió entre los pedazos del cascarón del mundo.

A veces nos contábamos mutuamente nuestros sueños. Pistorius sabía interpretarlos. Recuerdo ahora uno de ellos, para el cual halló una explicación singular. Yo había soñado que volaba, pero no por facultad propia, sino lanzado a través de los aires por un violento impulso del que no era dueño. La sensación de este vuelo, deliciosa al principio, no tardaba en trocarse en miedo cuando me veía disparado a alturas vertiginosas. Pero entonces descubría con satisfacción que podía regular la ascensión y el descenso reteniendo y dejando escapar el aliento.

A esto dijo Pistorius:

> El impulso que le hace a usted volar es nuestro gran patrimonio humano común a todos. Es el sentimiento de nuestra relación con las raíces de toda fuerza. Pero nos da miedo abandonarnos a él. ¡Es tan peligroso! Por eso casi todos renuncian gustosos a volar y prefieren caminar, como buenos burgueses, por su acera, apoyados en los preceptos legales.
>
> Usted no. Usted sigue volando valientemente. Y de pronto descubre usted algo maravilloso; advierte que poco a poco va adueñándose del

impulso y que junto a la magna fuerza general que le arrastra hay otra fuerza pequeñita y sutil que le es propia: un órgano y un timón. Sin ella vagaría uno a azar por los aires, como les sucede, por ejemplo, a los locos.

Éstos tienen vislumbres más hondos que los burgueses de la acera; pero no poseen una clave, carecen de un timón que les permita marcar el rumbo, y flotan a la deriva en el espacio. Pero usted no, Sinclair; usted logra dominar el impulso. ¿Cómo? Eso quizá no lo sabe usted. Lo consigue usted por medio de un órgano nuevo, de un regulador respiratorio. Y ahora puede usted ver qué poco "personal" es su alma en sus estratos más profundos. ¡Semejante regulador no es, ni mucho menos, invención suya! ¡No es nada nuevo! ¡Existe ya hace milenios enteros! Es el órgano de equilibrio de los peces, la vesícula natatoria. Todavía existen hoy unas cuantas especies de peces, extrañas y conservadoras, en las que la vesícula natatoria es al mismo tiempo una especie de pulmón que en determinadas circunstancias sirve efectivamente para respirar. Exactamente lo mismo que usted utiliza en su sueño los pulmones para regular su vuelo.

Sacó del estante un libro de Zoología y me enseñó los nombres y las figuras de aquellos peces primitivos. Con un singular escalofrío, sentí vivir en mí una función de primitivas épocas evolutivas.

Capítulo VI
La lucha de Jacob

No me es posible resumir aquí todo lo que el singular organista me reveló sobre Abraxas. Pero, además, lo verdaderamente importante que de él aprendí fue a dar un nuevo paso en el camino hacia mí mismo. Por este tiempo de mis dieciocho años era yo un muchacho poco vulgar, precozmente maduro en muchas cosas y retrasado e inerme en otras. Cuando me comparaba con los demás, me sentía tantas veces orgulloso y satisfecho de mí mismo como deprimido y humillado. Tan pronto creía ser un genio como me tenía por medio loco. No se me hacía posible compartir la vida y las alegrías de los muchachos de mi edad, y a veces me reprochaba duramente mi aislamiento y sentía honda tristeza, creyendo hallarme separado ya, sin esperanza, de todos mis semejantes y tener irrevocablemente cerradas ante mí las puertas de la vida.

Pistorius, que por su parte era completamente genuino, me enseñó a conservar el valor y la estimación de mí mismo, y me dio ejemplo, hallando siempre algo valioso en mis palabras y mis sueños, en mis fantasías y en mis ideas, tomándolo siempre en serio todo ello y discutiéndolo inteligentemente.

—Ha declarado usted —me dijo un día— que si le gustaba la música era por su total carencia de moralidad. Está bien. Pero lo que importa es que tampoco usted mismo sea moralista. No tiene usted por qué compararse con los demás, y si la naturaleza le ha creado para murciélago, no debe usted aspirar a ser avestruz. A veces se tiene usted por demasiado raro y se reprocha seguir caminos distintos a los que sigue la mayoría. Deje usted eso. Contemple el fuego, contemple las nubes, y en cuanto surjan los presagios y comiencen a sonar en su alma las voces, abandónese a ellas sin preguntarse antes si le conviene o le parece bien al señor profesor, a papá o a un buen dios cualquiera. Con eso no hace uno más que echarse a perder, tomar la acera burguesa y fosilizarse. Estimado Sinclair, nuestro dios se llama Abraxas y es dios y es demonio; entraña en sí el mundo luminoso y el oscuro. Abraxas no tiene nada que oponer a ninguno de sus pensamientos ni a ninguno de sus sueños. No lo olvide usted. Pero le abandonará en cuanto usted llegue a ser normal e irreprochable. Le abandonará y buscará otra olla en la qué cocer sus pensamientos.

Aquel oscuro sueño de amor era de todos los míos, el más fiel. Lo soñaba una y otra noche. Una y otra vez entraba en nuestra casa, sobre cuya puerta resaltaba en vivos colores el pájaro heráldico, y al tender a mi madre los brazos estrechaba en ellos el cuerpo arrogante de aquella otra extraña mujer, a medias masculina y a medias maternal, que me inspiraba miedo y deseo al mismo tiempo. Fue esta la única de mis intimidades que nunca pude revelar a mi amigo. Era mi rincón, mi secreto y mi refugio.

Cuando me sentía triste rogaba a Pistorius que tocase el pasacalle del viejo Buxtehude. Sentado en la oscura capilla crepuscular, me perdía en aquella música extraña e íntima, ensimismada y como absorta en sus propios sones, que siempre me hacía bien y me disponía a dar la razón a las voces de mi alma.

Muchas tardes, extinguidos ya los acentos del órgano, permanecíamos largo rato en la capilla, viendo morir el día a través de las altas ventanas ojivales.

—Ahora parece raro —dijo Pistorius— que yo fuese en tiempos estudiante de Teología y hasta estuviese a punto de ordenarme sacerdote. En realidad, mi error fue puramente formal. Mi vocación es, desde luego, el sacerdocio. Lo que pasó fue que me declaré satisfecho demasiado pronto y me puse a disposición de Jehová antes de conocer a Abraxas. Pero toda religión es bella. Toda religión es alma, lo mismo tomando la comunión cristiana que yendo en peregrinación a la Meca.

—Pero, entonces —opiné yo—, usted hubiera podido perfectamente ser sacerdote.

—No, Sinclair, no. Hubiera tenido que mentir. Nuestra religión es practicada como si no lo fuese. Se la presenta como un producto de la razón. En último caso, quizá hubiera podido ser sacerdote católico; pero protestante, ¡nunca! Los escasos creyentes verdaderos —conozco un par de ellos— se atienen a la letra y no habría de serme posible decirles que, para mí, Cristo no es una persona, sino un héroe, un mito, una sombra gigantesca en la cual se ve proyectada la humanidad a sí misma sobre el muro de la eternidad. Y a los demás, a los que acuden a la iglesia para oír una buena plática, para cumplir un deber, para no faltar a nada o por otras razones semejantes, ¿qué hubiera podido decirles? ¿Convertirlos acaso? No querría. El sacerdote no quiere convertir, quiere vivir entre los creyentes, entre sus semejantes, y quiere ser sustrato y expresión del sentimiento del cual hacemos nuestros dioses.

Se interrumpió un momento. Luego continuó:

—Nuestra nueva fe, aquella para la cual hemos elegido ahora el nombre de Abraxas, es muy bella, querido Sinclair. Es lo mejor que tenemos. Pero está todavía en pañales. No le han crecido las alas. Y una religión solitaria no es nada. Tiene que hacerse colectiva; ha de tener culto y adeptos, fiestas y misterios...

Calló y pareció sumirse en honda meditación.

—Pero, ¿acaso no es posible celebrar misterios entre unos cuantos iniciados e incluso en uno solo? —pregunté vacilante.

—Sí que se puede —asintió—. Yo los celebro hace ya mucho tiempo. He celebrado cultos que, de haber trascendido, me hubieran valido varios años de cárcel. Pero siento que tampoco ése es el camino verdadero.

De repente, posó sus manos en mis hombros con tal fuerza que me hizo vacilar, y, mirándome penetrantemente, continuó:

—También usted, Sinclair, también usted celebra sus misterios. Sé muy bien que ha de tener usted sueños de los que nada me cuenta. No quiero saberlos. Pero, óigame bien: ¡Vívalos usted, viva usted esos sueños, dedíqueles usted altares! No es lo perfecto, pero es ya un camino. El que usted y yo y algunos otros consigamos un día renovar el mundo, es cosa que ya se verá. Pero, dentro de nosotros mismos, tenemos que renovarlo cada día; de otro modo, nada lograremos. ¡Piénselo usted, Sinclair! Tiene usted dieciocho años y no corre usted detrás de las prostitutas; tiene usted que tener sueños y deseos amorosos. Y quizá le asustan a usted. ¡No los tema! ¡Son su mejor patrimonio, créame! Yo he perdido mucho por haberme empeñado en retrasar tales sueños cuando tenía su edad. No se debe hacer tal cosa. Sobre todo cuando se ha sabido ya de Abraxas. No debemos temer ni creer ilícito nada de lo que nuestra alma desea en nosotros.

—Pero tampoco es posible hacer todo lo que a uno se le ocurre —objeté asustado—. No se puede matar a alguien simplemente porque nos es desagradable.

—En determinadas circunstancias, también. Ahora que, por lo general, sería un error. Tampoco quiero decir que deba usted hacer sencillamente todo lo que se le ocurra. Pero tampoco debe usted tratar de espantar estas ocurrencias, que entrañan un perfecto sentido, ni coartarlas con pretextos moralizantes, pues entonces es cuando se hacen verdaderamente nocivas. En lugar de crucificarse uno mismo o crucificar a otro, podemos beber todos en el mismo cáliz elevando solemnemente nuestro ánimo y pensando en el misterio del sacrificio. También, sin necesidad de tales actos, podemos tratar con amor y tolerancia a nuestros instintos, los cuales nos mostrarán entonces su sentido... Cuando otra vez se le ocurra algo verdaderamente insensato y pecaminoso, cuando sienta usted la comezón de matar a alguien o cometer alguna monstruosa obscenidad, piense usted en que es Abraxas quien así fantasea en su interior. El hombre a quien usted quisiera matar no es nunca Fulano o Mengano; éstos son sólo disfraces. Cuando odiamos a un hombre, odiamos en su imagen algo que llevamos en nosotros mismos. Lo que no está también en nosotros mismos nos deja indiferentes.

Nunca las palabras de Pistorius me habían herido fibras tan hondas y secretas. Pero lo que más intensa y singularmente me conmovía en ellas era su coincidencia con otras de Demian, que yo cargaba durante años y años. Nada sabían uno de otro, y, sin embargo, ambos me decían lo mismo.

—Las cosas que vemos —continuó Pistorius con voz más apagada— son las mismas que hay en nosotros. La única realidad es la que en nosotros tenemos, y si los hombres viven tan irrealmente es porque aceptan como realidad las imágenes exteriores y ahogan en sí la voz de su mundo interior. También se puede ser feliz así; pero cuando se llega a saber lo otro se hace ya imposible seguir el camino de la mayoría. El camino de los más es fácil, Sinclair; tan fácil como penoso el nuestro. Caminemos.

Algunos días más tarde, después de haberle esperado en balde dos veces ante la capilla, tropecé con él en la calle, a altas horas de la noche, en el momento en que doblaba una esquina, empujado por el frío viento nocturno, dando tropezones y completamente embriagado. Pasó a mi lado sin verme, con los ojos ardientes y solitarios perdidos en la lejanía, como obedeciendo a una llamada que llegara a él desde lo desconocido. Le seguí hasta el final de la calle. Avanzaba cual si tirara de él un hilo invisible, con paso fanático y, sin embargo, flotante como un fantasma. Entristecido, regresé a casa y a mis sueños incumplidos.

¿Así es como él renueva en sí el mundo?, pensé; pero en el acto me di cuenta de la bajeza y el prejuicio moral de aquel reproche. ¿Qué sabía yo de sus sueños? En su embriaguez seguía quizá un camino más cierto que yo en mi temeroso escrúpulo.

Durante los recreos entre las clases llegué a advertir que uno de mis condiscípulos, en el que nunca había reparado antes, intentaba aproximarse a mí. Era un muchacho pelirrojo, bajito y débil, de aspecto enfermizo y cabellos lacios, que mostraba en su mirada y en su conducta un algo personal. Una tarde, a la salida del liceo, me esperó en el camino, dejó que yo me adelantase y echó luego a andar detrás de mí, deteniéndose a la puerta de mi casa.

—¿Quieres algo de mí? —le pregunté.

—Sólo hablar contigo un momento —dijo con timidez—. Ten la bondad de acompañarme unos pasos.

Eché a andar con él y le sentí hondamente agitado y pleno de no sé qué ardiente esperanza. Sus manos temblaban.

—¿Eres espiritista? —me preguntó de repente.

—No, Knauer —contesté riendo—. Ni lo he sido nunca. ¿Cómo se te ha ocurrido semejante cosa?

—Pero teósofo sí lo eres.
—Tampoco.
—¡No seas tan misterioso! Yo siento muy bien que en ti hay algo especial. Lo llevas en los ojos. Juraría que tienes trato con los espíritus... No creas que te lo pregunto sólo por curiosidad, Sinclair. Nada de eso. También yo busco algo que no consigo hallar. ¡Y estoy tan solo!...
—Cuéntame tus cosas —le animé—. Desde luego, puedo asegurarte que no sé nada de los espíritus. Pero vivo en mis sueños y tú has sabido adivinarlo. La demás gente vive también en los sueños, pero no en los suyos propios. Ésa es la diferencia.
—Sí, es muy posible —murmuró—. Lo que importa es quizá tan sólo cuáles sean los sueños en los que vivimos... ¿Has oído hablar alguna vez de la magia blanca?
Confesé que no.
—Consiste únicamente en aprender a dominarse a sí mismo. Quienes lo consiguen se hacen inmortales y logran poder sobre los demás.
—¿Has hecho tú ejercicios de ese estilo?
A mi pregunta, llena de curiosidad sobre tales prácticas, comenzó por manifestar cierta reserva; pero, ante mi amenaza de irme, acabó por hablar:
—Verás. Cuando, por ejemplo, quiero dormirme o simplemente concentrarme, hago uno de estos ejercicios: pienso en una cosa cualquiera, una palabra, un nombre o una figura geométrica, y me la represento, luego, con la mayor intensidad posible, dentro de mí, intento representármela dentro de la cabeza, hasta que la siento posesionada de mi cerebro. Luego me la represento en la garganta, y así sucesivamente, hasta que ocupa todo mi ser, comunicándole una firmeza y una seguridad que nada consigue ya perturbar.
Comprendí bien de lo que se trataba. Pero, al mismo tiempo, sentía que no era aquello todo lo que tenía que decirme. Le veía singularmente agitado e impaciente. Procuré abrir camino a sus preguntas y no tardó en formular la que pesaba sobre su corazón:
—También tú serás abstinente, ¿no? —interrogó ansioso.
—¿Qué quieres decir con eso? ¿Te refieres a la sexualidad?
—Sí, sí. Yo lo soy ya desde hace dos años, desde que se me reveló el camino. Antes me abandonaba a un vicio... Ya puedes suponerlo... ¿De manera que nunca has estado con una mujer?

—No —respondí—. No he encontrado todavía la que pueda satisfacerme plenamente.

—Pero si la encontraras, si encontraras esa mujer que dices, ¿te acostarías con ella?

—¡Naturalmente!... Siempre que ella no se opusiera —agregué con algo de burla.

—Entonces es que no estás en lo cierto, Sinclair. Sólo observando una absoluta abstinencia podemos desarrollar nuestras energías interiores. Yo vengo ya guardándola hace dos años. ¡Dos años y algo más de un mes! ¡Es tan difícil! A veces se me hace ya casi imposible aguantar más.

—Escucha, Knauer: Yo no creo que la abstinencia sea tan terriblemente importante.

—Ésa es la excusa corriente —protestó—. Pero no la esperaba de ti. Todo el que quiera seguir los más elevados caminos espirituales ha de conservarse puro.

—Está bien. Hazlo tú así, puesto que tal es tu convicción. Por mi parte, no veo por qué un hombre que reprime su sexo ha de parecemos más "puro" que los otros. ¿O acaso pretenderás que has conseguido excluir también lo sexual de tus pensamientos y tus sueños?

Me miró con desesperación:

—No, Sinclair, no. Y, sin embargo, no hay otro camino. Por las noches sueño cosas que ni a mí mismo me atrevería a decirme. ¡Sueños terribles, Sinclair!

Recordé lo que Pistorius me había dicho sobre los sueños más secretos. Pero, aunque sentía la exactitud de sus palabras, me era imposible trasmitirlas a Knauer. No podía darle un consejo que no provenía de mi propia experiencia y que yo mismo no me sentía capaz de seguir. Guardé, pues, silencio, sintiéndome humillado al no poder dar consejo a alguien que lo buscaba en mí.

—Lo he probado todo —continuó lamentándose Knauer—. He hecho todo lo que puede hacerse: duchas frías, fricciones con nieve, gimnasia y ejercidos violentos. Todo en balde. Una noche y otra sueño cosas en las que me aterra luego pensar. Y lo más terrible es que tales sueños anulan todos mis progresos espirituales. Ya no consigo casi nunca concentrarme ni adormecerme. A veces, paso la noche entera en vela. Creo que no voy a poder resistir así mucho tiempo. Pero si acabo por renunciar a la lucha, si cedo al fin y vuelvo a la impureza, entonces es que soy peor y más despreciable que los que no han luchado nunca. ¿Comprendes?

Asentí, pero me fue imposible decir nada. Advertía que Knauer comenzaba a aburrirme y me asustaba comprobar que su miseria y su desesperación, tan visibles, no me producían ni la más honda impresión. Sólo sentía que no podía ayudarle.

—Pero, de verdad, ¿no puedes decirme nada? —preguntó, al fin, entristecido y agotado—. ¿Nada absolutamente? ¡Tiene que haber algún camino! ¿Qué haces tú?

—Nada puedo decirte, Knauer. En esta cuestión no es posible ayudarse mutuamente. Tampoco a mí me ha ayudado nadie. Tienes que reflexionar sobre ti mismo y hacer luego lo que verdaderamente surja de tu propia esencia. No hay otro camino. Si tú mismo no puedes encontrarte, tampoco encontrarás ningún espíritu que te guíe. Créeme.

Defraudado y repentinamente mudo, Knauer me miró fijamente. Luego brilló en sus ojos un odio súbito, su rostro se contrajo en una mueca, y gritó enfurecido:

—¡No eres más que un hipócrita! También tú tienes tu vicio; estoy seguro. Tomas aires de sabio y en secreto eres esclavo de la misma porquería que yo y que todos. Eres un puerco, un puerco como yo. ¡Todos somos unos puercos!

Me aparté de él, dejándole plantado. Todavía caminó unos pasos detrás de mí, pero luego se detuvo, dio media vuelta y se alejó a toda prisa. Esta penosa escena me produjo un intenso malestar, mezcla de compasión y repugnancia, del que no me vi libre hasta que llegué a casa y pude entregarme, con íntimo fervor, a mis sueños propios, encerrado en mi cuarto y teniendo a la vista mis dibujos. No tardó en resurgir mi ensueño familiar, la puerta de mi casa y el escudo sobre ella, mi madre y la otra extraña figura de mujer, y con tan clara precisión ya esta última, que aquella misma noche comencé a dibujarla.

Cuando, al cabo de algunos días, quedó terminado este dibujo trazado casi inconscientemente en ratos de ensueño, lo colgué de la pared al llegar la noche, coloqué enfrente mi lámpara de mesa y me situé ante él como ante un espíritu con el que había de luchar hasta decidirse mi suerte. Era un rostro análogo al de mi pintura anterior, parecido a Demian y, en algunos rasgos, a mí mismo. Uno de los ojos quedaba visiblemente más arriba que el otro y la mirada pasaba fija y perdida a través de mí, plena de una inexorable fatalidad.

No sé cuánto tiempo permanecí allí, inmóvil ante el dibujo. El enorme esfuerzo interior iba helando mi pecho. Interrogué a aquella imagen y la acusé, la acaricié y le recé de rodillas; le dije madre y le dije amor, la llamé prostituta y perdida, la nombré Abraxas. Entre tanto, iban surgiendo en mí palabras de Pistorius —¿o quizá de Demian?—; no podía recordar cuándo habían sido dichas, pero creía oírlas de nuevo. Eran palabras de la lucha de Jacob con el ángel: "No te dejaré hasta que me hayas bendecido".

Bajo la luz de la lámpara, el rostro pintado se trasformaba a cada invocación. Aparecía claro y resplandeciente o negro y tenebroso, cerraba párpados de lívido blancor sobre unos ojos muertos y volvía a abrirlos, lanzando candentes miradas; era mujer, era hombre, era muchacha, era un niño pequeño, un animal; se desvanecía en un manchón borroso y volvía a hacerse claro y visible. Por último, obedeciendo a un imperativo interior, cerré los ojos y lo vi entonces dentro de mí, más intensamente que antes. Quise arrodillarme ante él; pero estaba ya tan dentro de mí que no podía separarlo de mí mismo, como si hubiese pasado a formar parte de mi propio yo.

En este punto comencé a oír un oscuro grave bramido, como de una tormenta de primavera, y rompí a temblar invadido por una nueva sensación indescriptible de angustia y temerosa espera. Refulgentes estrellas se incendiaron y extinguieron a mi vista y una densa cohorte de recuerdos lejanos, hasta de mi primera más olvidada infancia e incluso de existencias anteriores y estadios primitivos de la evolución, desfiló rápida ante mí. Pero estos recuerdos, que parecían reproducir mi vida entera hasta lo más secreto, no cesaban ayer ni hoy; iban más allá, reflejaban el porvenir, me arrancaban del presente hacia nuevas formas de vida, cuyas imágenes se me aparecieron con plena deslumbrante claridad; pero de las cuales no fue luego posible recordar exactamente ninguna.

Muy avanzada ya la noche, desperté de un profundo sueño. No me había desnudado y estaba como muerto atravesando la cama. Encendí la luz y sentí que debía recordar algo importante, pero nada sabía ya de las horas inmediatas. Encendí la luz, y el recuerdo fue emergiendo poco a poco. Busqué el dibujo. No colgaba de la pared ni estaba tampoco encima de la mesa. Oscuramente quise recordar que lo había quemado. ¿O había sido sólo un sueño, que lo había quemado entre mis manos y me había comido luego sus cenizas?

Una intensa inquietud convulsa se apoderó de mí. Poseído por un irrefrenable impulso interior, me puse el sombrero, salí de la habitación y de la cama, recorrí calles y plazas, como arrastrado por la tempestad; espié el silencio delante de la capilla de mi amigo, sumida en las tinieblas; busqué de un lado a otro, llevado por un oscuro instinto. Atravesé un arrabal sembrado de prostíbulos, en cuyas ventanas se veía luz. Más allá se alzaban algunas casas en construcción, entre montones de ladrillos cubiertos con trozos de nieve sucia y gris. Mientras recorría así, como un sonámbulo, aquel desierto suburbano, emergió en mí el recuerdo de aquella otra casa en construcción, de mi ciudad natal, a la que Kromer, mi verdugo, me había llevado una vez para ajustar nuestras cuentas.

Una obra parecida se alzaba aquí ante mí, en la noche gris, abriéndome en un negro bostezo su portal sin puertas. Aquella negra boca me atraía; quise alejarme y tropecé con montones de escombros y de arena. Pero la atracción fue más fuerte. Había que entrar.

Pisando tablas y pedazos de ladrillo, penetré en la construcción. Los muros exhalaban un turbio olor a frialdad húmeda y a piedra. Un montón de arena, clara mancha gris, resaltaba cerca. Todo lo demás se perdía en la oscuridad.

De pronto, una voz espantada pronunció mi nombre:

—¡Sinclair! ¡Dios mío! ¿Cómo estás aquí?

Y una figura humana surgió junto a mí de las tinieblas. Un hombrecillo bajito y enteco, como un duende. Sintiendo erizárseme el cabello, reconocí a Knauer, mi condiscípulo:

—¿Cómo has llegado hasta aquí? —interrogó enloquecido—. ¿Cómo has podido encontrarme?

No le comprendía.

—No te he buscado —dije confusamente.

Cada palabra me costaba esfuerzo y salía trabajosamente de entre mis labios muertos torpes, y como ateridos.

Me miró atónito:
—¿No me buscabas?
—No. Algo me atrajo hacía aquí. ¿Me has llamado tú? Tienes que haberme llamado. ¿Qué haces aquí? Es noche cerrada.

Me enlazó convulsivamente con sus brazos delgados:
—Sí. Es de noche. No tardará en amanecer. ¡Pensar que no me has olvidado, Sinclair! ¿Cómo has podido perdonarme?
—¿Qué?
—¡Fui tan injusto contigo!

Sólo entonces recordé nuestra conversación. ¿Cuántos días habían pasado desde ella? ¿Tres? ¿Acaso cinco? A mi sentir, toda una vida. Pero ahora ya lo sabía, de repente, todo. Tanto lo que había sucedido entre nosotros como lo que me había conducido hasta allí y lo que Knauer intentaba llevar a cabo en aquel apartado lugar.

—¿Querías quitarte la vida, Knauer?

Se estremeció de frío y de miedo.

—Sí. Pero no sé si habría podido hacerlo. Había decidido esperar a que amaneciera.

Lo saqué. Las primeras luces horizontales del amanecer brillaban indeciblemente frías y desmayadas en el ambiente gris.

Cogí a Knauer del brazo y lo encaminé hacia la ciudad.

—Vuelve ahora a tu casa y no le cuentes nada a nadie. Has perdido el camino, Knauer, y has andado extraviado y sin norte. No somos tampoco unos puercos, como tú crees. Somos hombres. Creamos dioses y luchamos con ellos, y ellos nos bendicen.

Seguimos en silencio, y en silencio nos separamos. Cuando llegué a mi casa era ya de día.

Lo mejor que me aportó aquel periodo de mi estancia en X fueron algunas horas con Pistorius, oyéndole tocar el órgano o viendo arder el fuego en la chimenea de su habitación. Descifrábamos juntos un texto griego sobre Abraxas, me leía fragmentos de una traducción de los Vedas y me enseñaba a pronunciar la sagrada "om". Pero lo que propulsaba mi evolución interior no era esta ocupación erudita, sino algo totalmente contrario. Lo que verdaderamente me hacía bien era el progreso en relación con el conocimiento de mí mismo, mi confianza creciente en mis propios sueños, ideas e intuiciones; la relación, cada día más clara, del poder que en mí mismo llevaba.

Con Pistorius me entendía de maravilla. Me bastaba pensar intensamente en él para verlo aparecer al poco tiempo en busca mía o recibir algún mensaje suyo. Como a Demian, podía preguntarle cualquier cosa sin que estuviera presente: no tenía más que fijar en él mi pensamiento y formular mentalmente, con máxima intensidad, mis preguntas. Toda la fuerza psíquica puesta así en la interrogación retornaba enseguida a mí hecha respuesta. Pero, en estos casos, no era la persona misma de Pistorius la que yo me representaba, ni tampoco la de Max Demian, sino aquella otra por mí soñada y dibujada, la imagen onírica medio masculina y medio femenina de mi demonio familiar. Esta imagen no vivía ya sólo en mi sueño ni pintada en un papel, sino dentro de mí, como un deseo y una superación de mí mismo.

Mis relaciones con Knauer, el infeliz suicida fracasado, tomaron un matiz singular y a veces muy cómico. Desde la noche en que yo le había sido enviado se había apegado a mí como un criado fiel o un perro, intentaba enlazar su vida a la mía y me seguía ciegamente. Llegaba a mí con extraños deseos y preguntas, quería ver espíritus, quería aprender la cábala, y no me creía cuando yo le aseguraba que no entendía una palabra de tales cosas. Me suponía dueño de toda clase de poderes sobrenaturales. Pero lo más extraño era que muchas veces acudió a mí con sus singulares e ingenuas preguntas precisamente en los momentos en que yo forcejeaba por resolver en mí algún problema, y sus caprichosas ocurrencias me proporcionaban a menudo la clave buscada o el impulso necesario para llegar a ella. En ocasiones se me hacía molesto y le ordenaba autoritariamente que se fuera; pero no dejaba de advertir que también él me era enviado, que también de él venía a mí, duplicando todo lo que yo le daba; que también él me era un guía, o, por lo menos, un camino. Los libros y escritos absurdos que me traía y en los que él buscaba su salvación me enseñaron mucho más de lo que al principio pude suponer.

Este Knauer desapareció luego insensiblemente de mi vida. Con él no fue necesaria explicación alguna. No así con Pistorius. Con este amigo viví algo singular al término de mi época escolar en X.

Todo hombre, por bondadoso que sea, tiene que vulnerar una o varias veces en su vida las bellas virtudes de la piedad filial y la gratitud. Tiene que dar alguna vez el paso que le desliga de sus padres y de sus maestros y sentir algo de la dureza de la soledad, aunque en su mayoría no puedan soportarla mucho tiempo y vuelvan pronto a someterse. De mis padres y de su mundo familiar, del mundo "luminoso" de mi bella infancia, no me había yo separado con violenta lucha, sino en un paulatino alejamiento pausado y casi imperceptible. Esa separación me apenaba y me procuraba, a veces, horas muy amargas en mis visitas al hogar; pero su dolor no penetraba verdaderamente hasta mi corazón. Podía soportarlo.

Muy distinto es cuando nuestra veneración y nuestro cariño son ajenos a todo hábito y corresponden a una pura inclinación personal, cuando de todo corazón hemos sido el amigo o el discípulo. En estos casos, es un instante amargo y terrible aquel en el que vislumbramos de repente que la corriente dominante en nosotros quiere apartarnos de la persona querida. Cada uno de los pensamientos que rechazan al amigo o al maestro se vuelve entonces, con aguijón envenenado contra nuestro propio corazón, y cada uno de los golpes que asestamos nos hiere, de retorno, en el rostro. En aquel que creía seguir una propia moral superior surgen las ideas de "traición" e "ingratitud" como reproches y estigmas vergonzosos, y el corazón, asustado, huye temeroso a refugiarse en los amados valles de las virtudes infantiles, sin resignarse a creer que también ha de ser consumada esta ruptura y quebrantado este lazo.

Poco a poco había ido naciendo en mí un sentimiento opuesto a seguir aceptando tan incondicionalmente a mi amigo Pistorius como guía. Durante los meses más importantes de mi adolescencia, toda mi vida había girado en torno de su amistad, su consejo, su consuelo y su presencia. Dios me había hablado por su mediación, y de su boca habían vuelto a mí sus sueños, aclarados e interpretados. Me había inspirado el valor de mí mismo. Y, sin embargo, sentía crecer en mí intensas resistencias contra él. Sus palabras contenían demasiadas enseñanzas, sentía que no había llegado a comprender enteramente más que una parte de mí mismo.

Entre nosotros no hubo disputa ni escena ninguna, no hubo ruptura ni siquiera un ajuste de cuentas. No hubo más que una sola palabra mía, inofensiva en sí; pero que marcó el momento en que una ilusión se rompió entre nosotros en irisados pedazos.

El presentimiento que venía pesando sobre mí tiempo atrás se hizo ya ideación consciente un domingo, en el viejo cuarto erudito de Pistorius. Tendidos ambos en el suelo, ante el fuego, me hablaba él de los misterios y los dogmas religiosos que, estudiaba, meditando sobre ellos y sobre su posible porvenir. Mas, para mí, todo aquello era más curioso e interesante que realmente vital; me sonaba a erudición, a fatigada rebusca bajo las ruinas de mundos pasados y, de repente, sentí una gran repugnancia contra toda esta actitud espiritual, contra este culto a las mitologías y este mosaico de viejas doctrinas religiosas.

—Pistorius —dije de pronto, con súbita malignidad, que a mí mismo me sobrecogió—, debería usted contarme otra vez algún sueño; pero un sueño verdadero, un sueño soñado realmente por usted una noche. Todo eso de que me está usted hablando es tan endemoniadamente arqueológico...

Nunca me había oído mi amigo hablar así y yo mismo advertí en el acto, con sobresalto y vergüenza, que la flecha que le disparaba, hiriéndole en el corazón, la había tomado de su propio vocabulario, pues dirigía ahora contra él, malignamente aguzado, un reproche que le había oído hacerse a sí mismo en tono irónico.

Pistorius lo sintió enseguida y enmudeció en el acto. Asustado ante mi propia obra, le vi palidecer terriblemente.

Después de una larga y penosa pausa colocó un par de leños más en la chimenea y dijo con voz serena y apagada:

—Tiene usted razón, Sinclair. Es usted un muchacho muy inteligente. No volveré a importunarle con mis arqueologías.

Hablaba muy serenamente, pero yo advertí en su tono el dolor de la herida. ¿Qué había hecho yo?

Tuve que contener las lágrimas. Quise hablarle cordialmente, pedirle perdón y asegurarle mi cariño y mi gratitud. Palabras llenas de emoción acudieron a mi pensamiento, pero me fue imposible decirlas. Callé y seguí contemplando el fuego, de bruces en el suelo. También él callaba, y así permanecimos ambos, mientras las llamas iban extinguiéndose y derrumbándose los leños en el rojo brasero. Con cada llama que palidecía sentía yo extinguirse y desaparecer algo muy bello e íntimo que no podía ya volver.

—Temo que me haya usted comprendido mal —dije, por último, entre dientes, con voz seca y ronca.

Estas estúpidas palabras sin sentido salieron automáticamente de mis labios, como si estuviese leyendo el folletín de un periódico.

—Le comprendo perfectamente —murmuró Pistorius—. Es usted quien tiene razón.

Esperó un instante y continuó luego, pausado:

—En la medida en que un hombre puede tener razón contra otro.

"¡No, no tengo razón!", sentí gritar dentro de mí, Pero no pude decir nada. Le había señalado con aquella sola palabra una debilidad esencial, su miseria y su llaga. Había tocado el punto en el cual tenía él que desconfiar de sí mismo. Su ideal era "arqueológico" y él buscaba con la mirada vuelta hacia atrás. Era un romántico. De repente, vi con toda claridad: precisamente aquello que Pistorius había sido para mí no podía serlo para él mismo, ni darse a sí mismo lo que a mí me había dado. Me había conducido por un camino que también él, el guía, debía traspasar y abandonar.

¡Quién puede saber cómo nace una palabra tal! Yo la había dicho sin mala intención y sin tener la menor idea de la catástrofe que iba a provocar. Había dicho algo cuyo alcance ignoraba en el momento mismo de decirlo; había cedido a una nimia ocurrencia, un tanto burlona, quizá algo maligna, y esta ocurrencia se había hecho destino, se había hecho fatalidad inexorable. Había cometido una pequeña indelicadeza, y esta indelicadeza había sido para él una sentencia.

¡Cómo deseé por entonces que Pistorius se hubiese encolerizado, que se hubiera defendido y me hubiese colmado de reproches! Pero no hizo nada semejante. Todo ello hube de hacerlo yo por mí mismo, dentro de mí. Si le hubiera sido posible, hubiese sonreído. No pudo, y ello me dio la medida de cuánto le había herido.

Su actitud, aceptando en silencio el golpe que yo le asestaba —discípulo pretencioso e ingrato—, abandonándome la razón y reconociendo mis palabras como una manifestación del destino, me hizo odioso a mí mismo y centuplicó las proporciones de mi irreflexión. Al descargar el golpe había creído hallarme ante un hombre fuerte y pronto a la defensa, y, lejos de eso, había herido a un hombre callado, sufrido e inerme, que se entregó en silencio.

Largo rato permanecimos ante el fuego, en el cual cada ardiente figura y cada brasa me recordaban horas felices, bellas y plenas y acrecentaban mi deuda de gratitud para con Pistorius. Al cabo, no pude resistir más. Me levanté y salí. A la puerta de la habitación, en la escalera oscura, y luego, ya en la calle, ante la casa, me detuve una y otra vez largo rato, con la esperanza de verle acudir en mi busca. Luego seguí adelante y anduve horas y horas a través de la ciudad y de los suburbios, a través del parque y del bosque, hasta la noche. Por vez primera sentí la señal de Caín sobre mi frente.

Sólo muy poco a poco pude ir reflexionando. Todos mis pensamientos tendían inicialmente a acusarme y a defender a Pistorius. Pero todos acababan en lo contrario. Mil veces me sentí dispuesto a lamentar mis precipitadas palabras y a retirarlas, pero no podía negarles su verdad. Sólo ahora conseguí comprender por completo a Pistorius y edificar ante mí todo su sueño. Tal sueño había sido el de llegar a ser un sacerdote, anunciar la nueva religión, dar nuevas formas de éxtasis, de amor y de adoración y erigir nuevos símbolos. Pero no era ésta su fuerza ni su misión. Gustaba demasiado de permanecer en el pasado, y lo conocía demasiado bien; sabía demasiado de Egipto y de la India, de Mithras y de Abraxas. Su amor se enlazaba a imágenes que la Tierra había visto ya, y, al mismo tiempo, se daba, en su interior, cuenta perfecta de que lo nuevo había de ser nuevo y distinto y manar de un suelo virgen, en lugar de ser extraído trabajosamente de los museos y las bibliotecas. Su misión era quizá ayudar a otros hombres a llegar a sí mismos, como había hecho conmigo. Pero no darles lo inaudito, los nuevos dioses.

Y en este punto me abrasó de repente como una aguda llama la revelación definitiva: todo hombre tenía una "misión"; pero ninguno podía elegir la suya, delimitarla y administrarla a su capricho. Era equivocado querer nuevos dioses, era completamente erróneo querer dar algo al mundo. Para el hombre despierto no había más que un deber: buscarse a sí mismo, afirmarse en sí mismo y tantear, hacia adelante siempre, su propio camino, sin cuidarse del fin al que pudiese conducirle. Este descubrimiento me conmovió hondamente y tal fue para mí el fruto de todo este suceso. Muchas veces había jugado con imágenes del futuro y había ensoñado los destinos que me estaban reservados, como poeta quizá o como profeta, como pintor o como quién sabe qué. Y todo esto era equivocado. Yo no existía para hacer versos, para predicar o para pintar. Ni yo ni ningún otro hombre existíamos para eso. Todo ello era secundario. El verdadero oficio de cada uno era tan sólo llegar hasta sí mismo. Luego podía terminar en poeta o en loco, en profeta o en criminal. Eso no era cosa suya y, además, en último término, carecía de todo alcance. Su misión era encontrar su destino propio, no uno cualquiera, y vivirlo por entero, hasta el final. Toda otra cosa era quedarse a mitad de camino, era retroceder a refugiarse en el ideal de la colectividad, era adaptación y miedo a la propia individualidad interior. Esta nueva imagen se alzó ya claramente ante mí, terrible y sagrada, mil veces vislumbrada, quizá expresada ya alguna vez; pero sólo ahora vivida. Yo era un impulso de la naturaleza, un impulso hacia lo incierto, quizá hacia lo nuevo, quizá hacia la nada, y mi oficio era tan sólo dejar actuar este impulso, nacido en las profundidades primordiales, sentir en mí su voluntad y hacerlo mío por entero. Esto, y sólo esto, era mi oficio.

Ya había probado a fondo la soledad. Pero ahora presentía una soledad aun más profunda, y la presentía inevitable.

No hice tentativa alguna de reconciliarme con Pistorius. Seguimos siendo amigos, pero nuestra relación sufrió un profundo cambio. Una sola vez hablamos de estas cosas, o, mejor dicho, habló sólo él. Me dijo:

—Mi deseo es ser sacerdote, ya lo sabe usted. Sobre todo, hubiera querido ser el sacerdote de la nueva religión que vislumbramos. Pero sé muy bien que no podré serlo jamás. Lo sabía, sin confesármelo abiertamente, hace ya mucho tiempo. Habré de limitarme a ejercer otras funciones sacerdotales de menor alcance, quizá sólo ante el órgano, quizá en otra forma cualquiera. Pero he de tener siempre en torno mío algo que yo sienta bello y santo, música de órgano y misterio, símbolo y mito. Necesito vivir en este ambiente y no quiero apartarme de él. Ésta es mi debilidad, Sinclair, pues a veces me doy clara cuenta de que no debía sentir tales deseos, que son un lujo y una flaqueza. Sería más digno y más acertado estar sencillamente a disposición del destino, sin aspiraciones de ningún género. Pero no puedo, es lo único que no puedo hacer. Quizá usted lo consiga algún día. Es muy difícil, es lo único verdaderamente difícil. Lo he soñado alguna vez; pero no puedo realizarlo, me da miedo. No puedo decidirme a quedarme tan desnudo y tan solo en medio de la vida; también yo soy un pobre perro flaco, que necesita un poco de calor y de alimento y quisiera sentirme de cuando en cuando entre mis semejantes. Aquel que verdaderamente no quiere más que su destino no tiene ya semejantes y se alza solitario sobre la tierra, teniendo sólo en torno suyo los helados espacios infinitos. Tal es Jesús en el huerto de Getsemaní. Ha habido mártires que se han dejado crucificar gustosos y que, sin embargo, no eran héroes, no se habían libertado; querían algo que les era grato y familiar, tenían modelos y tenían ideales. Aquel que sólo quiere su destino no tiene ya modelos ni ideales, amores ni consuelos. Tal es el camino que realmente debería uno seguir. La gente como usted y como yo vive ya de por sí muy solitaria; pero nosotros todavía nos tenemos uno a otro y tenemos la oculta satisfacción de ser diferentes de los demás, rebelarnos y querer lo extraordinario. Pero también a todo esto se ha de renunciar si se quiere seguir el camino hasta el fin. Tampoco se debe querer ser revolucionario, ejemplo ni mártir. No puede concebirse…

No, no podía concebirse. Pero se podía soñarlo, presentirlo, intuirlo. Algunas veces, cuando lograba una hora de plena serenidad espiritual, llegaba a vislumbrarlo. Hundía entonces la mirada en mí mismo y clavaba mis ojos en los de mi destino. Lo que en ellos se reflejase, sabiduría o locura, amor o maldad, no importaba. Nada de ello se debía escoger o querer. No podemos aspirar sino a nosotros mismos, a nuestro propio destino. Pistorius había sido mi guía en este camino.

Durante estos días anduve como ciego de un lado para otro. La tempestad rugía dentro de mí. Cada uno de mis pasos era un peligro. Ante mí veía tan sólo la tiniebla abismal en la que se perdían todos los caminos antes emprendidos. Y en mi interior surgió la imagen del guía, que se parecía a Demian y en cuyos ojos se pintaba mi destino.

Escribí en un papel: "Un guía me ha abandonado. Ando en las tinieblas. Solo, no puedo dar un paso. ¡Auxíliame!".

Quería enviárselo a Demian. No lo hice. Siempre que me disponía a hacerlo encontraba necia e incoherente mi petición de auxilio. Pero aprendí de memoria la pequeña oración y la recitaba a menudo en mi interior. Me acompañaba a todas horas. Comencé a vislumbrar lo que era la oración.

Mi época escolar había terminado. Mi padre había dispuesto que hiciese un viaje durante las vacaciones e ingresara después en la Universidad. Yo no sabía por qué facultad decidirme. Acordamos que estudiase un curso de filosofía, a modo de ensayo. Cualquier otra disciplina me hubiera sido igual.

Capítulo VII

Eva

En las vacaciones fui una vez a la casa donde Max Demian había vivido con su madre años atrás. Una anciana paseaba por el jardín. Me dirigí a ella y averigüé que la finca era de su propiedad. Se acordaba muy bien de la familia Demian. Pero no sabía cuál era su residencia actual. Advirtiendo mi interés, me hizo entrar con ella en la casa, tomó un álbum encuadernado en piel y me enseñó una fotografía de la madre de Demian. Yo no la recordaba ya apenas. Pero cuando vi aquel retrato sentí que el corazón cesaba de latir en mi pecho. ¡Era la imagen de mi sueño! Era ella, la arrogante figura de mujer casi masculina, parecida a su hijo, con rasgos maternales, de severidad, de honda pasión, bella y atractiva, bella e inasequible, demonio y madre, destino y amante. ¡Era ella!

Me estremecí como ante un milagro fulminante al averiguar así que la imagen de mi sueño vivía sobre la Tierra. Había una mujer que era así, una mujer que llevaba los rasgos de mi destino. ¿Dónde estaba? ¿Dónde?... Y era la madre de Demian.

Pocos días después inicié mi viaje. ¡Viaje singular! Pasé sin descanso de un sitio a otro, siguiendo la inspiración del momento, siempre a la busca de aquella mujer. Había días en que encontraba una y otra vez figuras que la recordaban, que se le parecían y que me arrastraban tras de sí por las calles de una ciudad desconocida o, en el tren, de estación en estación, como en un sueño enmarañado. Había otros días en los que comprendía cuán vana era aquella búsqueda, y entonces permanecía inactivo horas y horas en un parque, en el jardín de un hotel o en una sala de espera, abstraído e intentando dar vida dentro de mí a la imagen amada. Pero ésta se había hecho ya huidiza y borrosa. Por las noches me era imposible conciliar el sueño, y sólo en el tren dormitaba algunos ratos, a través de paisajes desconocidos. Una vez, en Zurich, una mujer muy linda y un poco descarada trató de entablar relación conmigo. Sin mirarla apenas, seguí mi camino, como si no existiese. Hubiera preferido morir antes de mostrar interés a otra mujer, aunque sólo fuera por una hora.

Sentía que mi destino tiraba de mí, sentía que el cumplimiento estaba ya próximo, y enloquecía de impaciencia viendo que nada podía hacer por precipitarlo. Una vez, en una estación, creo que fue la de Innsbruck, vi pasar ante mí, asomada a la ventanilla de un tren en marcha, una figura que me recordó la de mis sueños, y me sentí profundamente desgraciado durante varios días. Poco después, la imagen anhelada volvió a aparecérseme una noche en un sueño. Desperté con un sentimiento avergonzado y marchito de la inutilidad de aquella persecución y emprendí el regreso a mi casa por el camino más directo.

Quince días después, me matriculé en la Universidad de H. Todo en ella me defraudó. El curso de historia de la filosofía, al que empecé a asistir, era tan trivial y tan vulgar como las actividades de los jóvenes estudiantes. Todo seguía un patrón fijo, todo el mundo hacía las mismas cosas, y la acalorada alegría de los rostros juveniles tenía una expresión lamentablemente vacía e impersonal. Por mi parte, gozaba de mi libertad; vivía tranquila y ordenadamente en una casita empotrada en las viejas murallas de la ciudad, y tenía encima de mi mesa un par de volúmenes de Nietzsche. Vivía con él, sentía la soledad de su alma, vislumbraba el destino que le empujaba sin tregua, sufría con él y me sentía dichoso sabiendo de alguien que había seguido inexorablemente su camino.

Una noche salí a pasear por las calles de la ciudad, bajo la ruda caricia del aire otoñal. Las sociedades de estudiantes entonaban sus cantos en las cervecerías. Por las ventanas abiertas salía en apretadas nubes, el humo del tabaco y, en denso retumbar, el canto sonoro y rítmico, pero sin asas, inanimado y uniforme.

Parado en una esquina escuchaba resonar en dos cervecerías próximas aquella alegría juvenil puntualmente ejercitada todas las noches. En todas partes dominaba la comunidad, el instinto gregario, la repulsa del destino y el refugio en el hacinamiento del rebaño.

Dos individuos que caminaban detrás de mí me adelantaron lentamente. Parte de su conversación llegó a mis oídos.

—Exactamente la cabaña de los solteros en un pueblo africano —dijo uno—. Todo igual. Hasta se ha puesto de moda tatuarse. Vea usted: ésta es la joven Europa.

Aquella voz me era conocida y sonó en mis oídos como un aviso singular. Seguí a aquellos dos hombres a lo largo de la oscura calleja. Uno de ellos era un japonés. Al pasar bajo la luz de un farol vi relucir su cara amarilla y sonriente.

El otro volvió a hablar:

—Aunque supongo que también entre ustedes, en el Japón, pasará lo mismo. En todas partes son muy pocos los individuos que no siguen al rebaño. También aquí hay algunos.

Cada una de estas palabras me traspasó con gozoso estremecimiento. Reconocí al que las pronunciaba. Era Demian.

A través de la noche ventosa los seguí por las calles oscuras, oí su conversación y gocé del sonido familiar de la voz de Max Demian. Conservaba su antiguo tono, su antigua bella seguridad y su poder sobre mí. Todo iba bien ya. Lo había encontrado.

Al final de una calle se despidió el japonés y abrió la puerta de una casa. Demian volvió sobre sus pasos. Yo me había detenido y le esperaba en el centro de la calle. Con el corazón palpitante, le vi venir hacia mí, erguido y elástico. Vestía un impermeable oscuro y llevaba un bastoncillo colgado del antebrazo. Sin alterar su paso regular, llegó junto a mí, se quitó el sombrero y me mostró su antiguo rostro claro, con la boca resuelta y el singular reflejo luminoso sobre la ancha frente.

—¡Demian! —exclamé.

Me tendió la mano:

—¡Por fin llegaste, Sinclair! Te esperaba.

—¿Sabías que estaba aquí?

—No lo sabía exactamente, pero lo esperaba. Verte, no te he visto hasta esta noche. Nos has seguido todo el tiempo.

—Entonces, ¿me reconociste enseguida?

—Naturalmente. Y no es que no hayas cambiado. Pero continúas teniendo la señal.

—¿La señal? ¿Qué señal?

—Antes la llamábamos la señal de Caín. ¿No te acuerdas? Es nuestra señal. La has tenido siempre, y por eso me hice amigo tuyo. Pero ahora se ha hecho mucho más visible.

—No lo sabía, o, en realidad, sí. Una vez pinté un retrato tuyo, Demian, y me quedé asombrado al advertir que también se parecía a mí. Un efecto de la señal, sin duda.

—Desde luego. No sabes cuánto me agrada haberte encontrado de nuevo. También mi madre se alegrará.

Me sentí sobrecogido:

—¿Tu madre? ¿Está aquí? Pero tu madre no me conoce.

—No importa. Sabe mucho de ti. Te reconocerá, sin que yo tenga que decirle quién eres... Nos has tenido mucho tiempo sin noticias tuyas.

—He querido escribirte varias veces, pero no podía. Últimamente sentía ya que no tardaría en encontrarte. Todos los días lo esperaba.

Me agarró del brazo y continuó caminando conmigo. De su persona emanaba una profunda calma, que me fue penetrando poco a poco. Charlamos como antiguamente. Recordamos nuestra época escolar, las clases de religión e incluso nuestro último desdichado encuentro, durante unas vacaciones. Sólo de nuestro primero y más estrecho lazo, de la aventura con Franz Kromer, no hablamos tampoco ahora una sola palabra.

Nuestro diálogo tomó luego, impensadamente, un giro singular y lleno de presagios. Siguiendo la conversación anterior entre Demian y el japonés, comenzamos a hablar sobre la vida estudiantil, y pasamos desde este tema a otro, que parecía muy lejano, pero que en las palabras de Demian se ligó íntimamente a él.

Habló Demian del espíritu de Europa y del signo de esta época. En todas partes —dijo— reinaban la comunidad y el instinto gregario, y en ninguna la libertad y el amor. Toda esta comunidad, desde las sociedades de estudiantes y los orfeones hasta los Estados, era el producto de una obsesión enfermiza, del miedo, de la cobardía y de la indecisión, y estaba ya carcomida y vieja. No podía tardar en derrumbarse.

—La comunidad —continuó diciendo— es algo muy bello. Pero lo que ahora vemos florecer por todas partes no es la comunidad verdadera. Ésta surgirá, nueva, del conocimiento mutuo de los individuos y trasformará por algún tiempo el mundo. Lo que hoy existe no es comunidad: es, simplemente, rebaño. Los hombres se unen porque tienen miedo unos de otros y cada uno se refugia entre los suyos. Los señores, en su rebaño; los obreros, en el suyo; los intelectuales en otro... ¿Y por qué tienen miedo? Se tiene miedo cuando no se está de acuerdo consigo mismo. Tienen miedo porque no se han atrevido jamás a seguir sus propios impulsos interiores.

Una comunidad formada por individuos temerosos todos de lo desconocido que en sí mismos llevan. Todos ellos sienten que las leyes a las que ajustan su vida han caducado ya, que viven conforme a mandamientos anticuados y que ni sus religiones ni su moral son ya las que necesitamos. ¡Durante cien años no ha hecho Europa más que estudiar y construir fábricas! Saben muy bien cuántos gramos de pólvora se necesitan para matar a un hombre; pero no saben cómo se reza a dios, no saben siquiera cómo puede pasarse una hora divertida. ¡Fíjate en una cualquiera de estas cervecerías estudiantiles! ¡O en cualquiera de los lugares de diversión a los que acude la gente rica! ¡Qué espectáculo más desconsolador...!

De todo esto no puede resultar nada bueno, querido Sinclair. Estos hombres que se hacinan tan temerosamente están llenos de miedo y de maldad, ninguno se fía de otro. Se mantienen fieles a ideales que no lo son ya, y lapidan, furiosos, a quien intenta erigir otros nuevos. Siento iniciarse ya graves conflictos que no pueden tardar en surgir. No pueden ya tardar, créeme. Naturalmente, no habrán de "mejorar" el mundo. Que los obreros asesinen a sus patronos o que Rusia y Alemania disparen una contra otra no supondrá más que un cambio de propietarios. Pero tampoco serán completamente inútiles. Revelarán la miseria de los ideales actuales y obligarán a derrocar toda una serie de dioses de la Edad de piedra. Este mundo, tal y como hoy es, quiere morir, quiere hundirse y se hundirá.

—Y, ¿qué será de nosotros en todo ello? —pregunté.

—¿De nosotros? Quizá perezcamos con él. También nosotros podemos ser asesinados. Pero sin que se logre con ello suprimirnos. En derredor de aquello que de nosotros quede o de aquellos de nosotros que sobrevivan se reunirá luego la voluntad del porvenir. Se mostrará entonces la voluntad de la humanidad, sofocada durante tanto tiempo por Europa con su ruidosa feria de técnica y de ciencia. Y se verá que la voluntad de la humanidad no coincide, ni ha coincidido nunca ni en ningún lado, con la de las colectividades actuales, los Estados y los pueblos, las asociaciones y las iglesias. Se verá que lo que la naturaleza quiere con el hombre está grabado en el individuo, está grabado en ti y en mí. Lo estaba ya en Jesús y lo estaba en Nietzsche. Cuando las colectividades actuales se derrumben, quedará sitio para todas estas corrientes, que, naturalmente, pueden variar de aspecto cada día, pero son siempre las únicas importantes.

Muy tarde ya, hicimos alto delante de un jardín, junto al río.

—Aquí vivimos —dijo Demian—. Ven pronto a vernos. Te esperamos.

—Saboreando mi alegría, emprendí el largo camino hasta mi casa en la fría noche otoñal. Aquí y allá tropecé con estudiantes que se retiraban a dormir alborotando y haciendo eses. Muy a menudo había comparado su singular manera de divertirse con mi vida solitaria, unas veces con cierta envidia y otras con desprecio. Pero nunca había sentido como hoy, con plena serenidad y secreta energía, cuán poco me atañía aquello y cuán lejano y perdido era para mí aquel mundo. Me acordé de los honrados filisteos de mi ciudad natal, viejos señores rebosantes de dignidad que conservaban los recuerdos de sus años estudiantiles como la memoria de un bienaventurado paraíso y consagraban a la perdida "libertad" de aquellos años un culto como el que los poetas y otros románticos dedican a su infancia. ¡En todas partes sucedía lo mismo! Todos los hombres buscaban la "libertad" y la "felicidad" en un punto cualquiera del pasado, sólo por miedo a ver alzarse ante ellos la visión de la responsabilidad propia y del propio singular camino. Durante un par de años alborotaban y bebían para someterse luego al rebaño y convertirse en señores solemnes y "decentes" al servicio del Estado. Era verdad lo que Demian afirmaba: nuestro mundo estaba carcomido y esta estupidez estudiantil era menos estúpida y menos despreciable que cien otras.

Pero al llegar, por fin, a mi apartada vivienda y encerrarme en mi alcoba, todos estos pensamientos se habían desvanecido y todo mi espíritu esperaba suspenso el cumplimiento de la promesa que aquel día me había traído consigo. Tan pronto quisiera, mañana mismo, podía ver a la madre de Demian. ¡Qué me importaba que los estudiantes bebieran y se tatuasen ni que el mundo estuviera carcomido y próximo a derrumbarse! Yo sólo esperaba que mi destino se me apareciera con una nueva imagen.

Dormí profundamente hasta muy entrada la mañana. El nuevo día amaneció para mí como una seria festividad de aquellas que no había vuelto a vivir desde mis navidades infantiles. Una íntima agitación invadía todo mi ser, pero sin mezcla de temor alguno. Sentía que había comenzado un día decisivo para mí y veía y sentía trasformado el mundo en torno mío, expectante, comprensivo y circunspecto. También la mansa lluvia otoñal se me antojaba bella, serena y dominguera, plena de una musicalidad gravemente gozosa. Por primera vez se fundían para mí el mundo exterior y el interior en una pura armonía, fiesta del alma que hace amable la vida. Ninguna casa, ninguna ventana, ninguna de las caras que encontré en la calle me fueron desagradables; todo era como debía ser, pero no mostraba la expresión vacía de lo cotidiano y habitual: era naturaleza expectante, respetuosamente pronta al destino. Así había visto yo de niño el mundo en las mañanas de las grandes festividades, en las mañanas de Navidad y de Pentecostés. No sabía ya que este mundo pudiera ser aún tan bello. Me había habituado a vivir abstraído en mí mismo y a aceptar resignado haber perdido el sentido de lo exterior, suponiendo que la pérdida de los vivos colores del mundo visible se hallaba inevitablemente enlazada a la pérdida de la infancia y que la libertad y la virilidad del alma habían de ser pagadas, en cierto modo, con la renuncia a este suave resplandor. Ahora advertía encantado que todo aquello había estado simplemente oscurecido y cubierto de cenizas, y que también el hombre que se ha libertado y ha renunciado a la dicha de la infancia puede ver resplandecer el mundo y gozar las íntimas delicias de la visión infantil.

Llegó la hora en que me encontré de nuevo ante el jardín a cuya puerta me había despedido de Max Demian una noche antes. Escondida detrás de una cortina de altos árboles, grises bajo la lluvia, se alzaba una casita clara e íntima, a través de cuyas relucientes ventanas se veían las paredes interiores, de color oscuro, con cuadros y filas de libros. La puerta principal conducía inmediatamente a un saloncito de entrada, confortable y tibio. Una vieja criada silenciosa, vestida de negro, con un delantal blanco, me introdujo en él y me ayudó a quitarme el abrigo.

Luego me dejó solo. Miré en derredor mío y me encontré inmediatamente en medio de mi sueño. Sobre una puerta, encuadrada en un marco negro, colgaba una pintura que me era bien conocida: mi pájaro dorado, con fina cabeza de gavilán, saliendo del cascarón del mundo. Sobrecogido, permanecí inmóvil ante aquella pintura. Mi corazón latía conmovido y gozoso, como si todo lo que hasta entonces había vivido retornase a mí en aquel instante, hecho respuesta y cumplimiento. En un abrir y cerrar de ojos desfiló por mi alma toda una serie de imágenes pretéritas: la casa paterna con el viejo escudo de piedra sobre el arco de la puerta; Demian, niño, dibujando el escudo; yo mismo, niño, angustiosamente sometido al perverso poder de Kromer; yo, adolescente, en mi cuartito de escolar, pintando silencioso ante mi mesa el pájaro de mi anhelo, presa el alma en la red de sus propios hilos... Y todo esto, todo lo vivido por mí hasta el momento, resonaba de nuevo en mí y era afirmado, contestado y aprobado.

Con los ojos empañados miraba fijamente mi dibujo y leía en mí mismo. De repente, hube de bajar la mirada: bajo el cuadro, en el hueco de la puerta abierta, se erguía una mujer de arrogante estatura, vestida de oscuro: era ella.

No pude despegar los labios. En su rostro bello y digno, sin tiempo ni edad como el de su hijo, y pleno también de pura voluntad espiritual, se pintó una sonrisa acogedora. Su mirada era un cumplido, su saludo significaba retorno al hogar. En silencio le extendí mis manos. Ella las tomó entre las suyas, firmes y cálidas:

—Es usted, Sinclair. Le he reconocido enseguida. Sea usted bienvenido.

Su voz era profunda y cálida. Yo la bebí como un dulce vino. Alcé los ojos y contemplé su rostro sereno, sus negros ojos insondables, su boca fresca y madura, su frente despejada y majestuosa en la que aparecía grabado el signo.

—¡Qué alegría! —exclamé besando sus manos—. Me parece como si toda mi vida hubiese estado navegando hacia aquí y por fin hubiese llegado a puerto.

Sonrío maternal:

—Nunca se llega a puerto dijo afablemente. Pero cuando dos rutas amigas coinciden, todo el mundo nos parece, por una hora, el anhelado puerto.

Expresaba así lo que yo había sentido en mi camino hacia su casa. Su voz y sus palabras eran muy parecidas a las de su hijo, y, sin embargo, completamente distintas. Todo en ella era más maduro, cálido y espontáneo. Pero así como en tiempos anteriores no era posible ver en Max el niño que realmente era, tampoco a ella se la hubiese creído madre de un hombre hecho y derecho; tan juvenil era el hálito que emanaba de su rostro y de sus cabellos, tan tersa y firme su piel, tan floreciente su boca. Se erguía allí, ante mí, más majestuosa aun que en mi sueño, y su proximidad era dicha de amor y su mirada anhelo cumplido.

Tal era, pues, la nueva imagen en que se me mostraba mi destino, ya no severa y dolorosa, sino madura y complaciente. No tomé resolución alguna ni hice ningún juramento... Había llegado a una meta, a una cima de mi camino, desde la cual lo veía seguir, dilatado y esplendoroso, hacia tierras promisorias, sombreado por los venturosos árboles de una cercana dicha y aromatizado por los frescos perfumes de cercanos jardines placenteros. Fuese de mí lo que fuese, me sentía ya feliz de saber en el mundo a aquella mujer, beber su voz y respirar su presencia. Lo que para mí fuera no importaba: madre, amante o diosa. Me bastaba saberla viva y que mi camino avanzase cercano al suyo.

Me señaló mi dibujo encima de la puerta:

—Nunca procuró usted a nuestro Max alegría mayor que cuando le envió este dibujo —dijo reflexivamente—. Le esperábamos a usted y la llegada del dibujo nos advirtió que se hallaba usted en camino hacia nosotros. Siendo usted todavía un niño, Sinclair, llegó un día mi hijo del colegio y me dijo: "Hay un muchacho que lleva la señal en su frente. Tiene que ser amigo mío". Era usted. Ha sufrido usted pruebas muy duras, pero siempre contábamos en que saldría victorioso. Una vez, durante las vacaciones, volvió a encontrarle Max en su ciudad natal. Tenía usted por entonces dieciséis años. Max me contó...

La interrumpí confuso:

—Siento que le hablase también de aquel encuentro. Fue mi peor y más miserable época.

—Sí. Max me dijo: "Ahora tiene Sinclair ante sí lo más difícil. Ha emprendido una nueva tentativa de refugiarse en la colectividad e incluso se pasa el día en las tabernas. La señal se ha eclipsado en su frente, pero sigue quemándole en secreto". ¿No era así?

—¡Oh, sí! Exactamente. Luego encontré a Beatrice y más tarde vino a mí, por fin, otro guía. Se llama Pistorius. Sólo entonces vi claramente por qué mi primera adolescencia había estado tan enlazada a Max, por qué no me era posible desligarme de él. En la época de nuestro segundo encuentro creí muchas veces que tendría que quitarme la vida. ¿Acaso es para todos igualmente difícil el camino?

Su mano resbaló por encima de mis cabellos tan ligera como una brisa.

—Siempre es difícil nacer. El pájaro tiene que penar para salir del cascarón, ya lo sabe usted. Pero vuelva usted ahora la vista atrás y pregúntese si en realidad fue tan penoso el camino. ¿Sólo penoso? ¿No fue también quizá bello? ¿Sabría usted acaso de otro más bello y más fácil?

Moví dubitativo la cabeza:

—Fue penoso —dije como adormecido—, fue penoso hasta que vino el sueño.

Asintió y me miró penetrantemente:

—Sí; tiene uno que encontrar su sueño, y entonces el camino se hace fácil. Pero no hay sueño alguno perdurable. Se sustituyen unos a otros y no debemos esforzarnos en retener ninguno.

Estas palabras me sobrecogieron hondamente. ¿Eran ya una advertencia? ¿Quizá ya una condena? Pero era igual. Estaba dispuesto a dejarme guiar por ella sin preguntar a dónde.

—No sé —repuse— cuánto habrá de durar mi sueño. Desearía que fuese eterno. Bajo la imagen de mi ave familiar me ha recibido el destino como una madre y como una amada. A él pertenezco y sólo a él.

—En tanto que el sueño sea su destino debe usted permanecerle fiel —confirmó ella gravemente.

Una profunda tristeza me invadió y un anhelo de morir en aquella hora encantada. Sentí manar en mí irrefrenables las lágrimas y dominarme. ¡Cuánto tiempo hacía que no había llorado! Me separé bruscamente de su lado y, llegándome a la ventana, miré con ojos turbios por encima de las maceras en flor.

Detrás de mí oí de nuevo su voz serena y natural y, sin embargo, colmada de ternura, como un vaso lleno de vino hasta los bordes.

—Es usted un niño, Sinclair. Su destino le ama. Algún día le pertenecerá por completo, como usted lo sueña, si usted le continúa siendo fiel.

Había conseguido serenarme y me volví de nuevo hacia ella. Me tendía su mano.

—Tengo un par de amigos —dijo sonriendo—, un par de amigos muy próximos, que me llaman Eva. También usted puede llamarme así, si quiere.

Me llevó hacia la puerta, la abrió y me señaló el fondo del jardín:
—Allá abajo encontrará usted a Max.

Aturdido y vibrante de emoción bajo los altos árboles, no sabía si estaba más despierto que lo normal o más hondamente que nunca sumergido en mis sueños. Las gotas de lluvia caían blandamente de las ramas. Despacio fui adentrándome en el jardín, que se extendía a lo largo de la orilla del río. Al cabo encontré a Demian. Desnudo de medio cuerpo arriba, en un pequeño cobertizo, boxeaba contra un saco de arena colgado del techo.

Asombrado, detuve mis pasos. La figura de Demian era magnífica. El pecho dilatado, la cabeza viril y los brazos con los músculos en tensión, fuertes y ágiles. Los movimientos manaban fáciles de las caderas, los hombros y las articulaciones de los brazos, como brotes de agua viva.

—¡Demian! —exclamé—. ¿Qué haces ahí?

Rió alegremente:

—Me ejercito. He prometido al japonés luchar con él. Es ágil y astuto como un gato. Pero conmigo no ha de valerle. Me debe una pequeña humillación.

Se puso la camisa.

—¿Has visto ya a mi madre? —preguntó.

—Sí, ¡qué madre más maravillosa tienes, Demian! ¡Eva! El nombre le va a la perfección. Es como la madre de todas las criaturas.

Me miró un momento con expresión pensativa.

—¿Sabes ya su nombre? ¡Puedes estar orgulloso, muchacho! Eres el primero a quien se lo dice tan pronto.

A partir de este día entré y salí en la casa como un hijo y un hermano, pero también como un enamorado. Cuando cerraba tras de mí la puerta del jardín, e incluso antes, en cuanto divisaba los altos árboles que en éste crecía, me sentía afortunado y feliz. Afuera quedaba la "realidad", afuera había calles y casas, hombres e instituciones, bibliotecas y aulas... Aquí dentro había, en cambio, alma y amor; aquí dentro reinaban la fábula y el sueño. Sin embargo, no vivíamos en modo alguno aislados del mundo; en nuestras conversaciones y nuestros pensamientos vivíamos a menudo en medio de éste, aunque en un distinto campo; no estábamos separados de la mayoría de los hombres por frontera ninguna, sino por una visión distinta. Nuestra labor era constituir en el mundo una isla, quizá un ejemplo y, cuando menos, el anuncio de una distinta posibilidad. Por tanto tiempo antes solitario, conocí ahora aquella comunidad que se hace posible entre hombres que han gustado la más absoluta soledad. Nunca más deseé tener un puesto en la mesa de los hombres felices, nunca más añoré las fiestas de los alegres, nunca más sentí envidia o nostalgia al ver las comunidades de los demás. Poco a poco fui siendo iniciado en el secreto de aquellos que llevan "la señal".

Para el mundo, nosotros, los marcados con ella, habíamos de pasar por hombres extraños, o incluso locos y hasta peligrosos. Éramos hombres que habíamos despertado o despertábamos, y nuestra aspiración era llegar a una vigilia aún más perfecta, mientras que la aspiración y la felicidad de los demás estribaba en ligar cada vez más estrechamente sus opiniones, sus ideales y sus deberes, su vida y su fortuna, a los del rebaño. También aquí había un impulso, había fuerza y grandeza. Pero en tanto que nosotros, los marcados, representábamos la voluntad de la naturaleza hacia lo individual y lo futuro, los demás vivían en una voluntad de permanencia. Para ellos, la humanidad —a la cual, como nosotros, amaban— era algo terminado que había de ser conservado y protegido. Para nosotros, la humanidad era un lejano futuro hacia el que todos caminábamos, sin que nadie conociera su imagen ni constaran escritas sus leyes en parte alguna.

Además de nosotros —Demian, su madre y yo—, pertenecían, más o menos estrechamente, a nuestro círculo otros hombres inquietos, de muy distinta especie. Algunos de ellos marchaban por senderos particulares, tendían hacia fines especiales y proclamaban determinados deberes y opiniones. Entre ellos había astrólogos y cabalistas, un discípulo de Tolstoi y toda clase de individuos sensibles, delicados y tímidos, adeptos de nuevas sectas, naturistas y vegetarianos. Otros, más próximos a nosotros, perseguían en el pasado los afanes de la humanidad en busca de dioses y de nuevas imágenes optativas, y sus estudios me recordaban con frecuencia los de mi Pistorius. Traían libros, nos traducían textos en antiguas lenguas, nos mostraban reproducciones de símbolos y ritos pasados y nos enseñaban a ver cómo todo el patrimonio de la humanidad consistía, hasta ahora, en ideales extraídos de sueños del alma inconsciente, de sueños en los cuales la humanidad seguía a tientas las vislumbres de sus posibilidades futuras. De este modo recorrimos toda la extraña serie de dioses del mundo antiguo, hasta los albores del cristianismo. Conocimos las confesiones de los solitarios y las trasformaciones de las religiones al pasar de unos pueblos a otros. De todo lo que así fuimos reuniendo resultaba una acerba crítica de nuestra época y de la Europa actual, que había procurado a la humanidad, en un magno impulso, poderosas armas nuevas, pero que había caído, luego, en una profunda y lamentable desolación del espíritu, pues había ganado el mundo entero para perder con ello su alma.

También en cuanto a esta cuestión había defensores y adeptos de esperanzas y doctrinas redentoras muy diversas. Había budistas que querían convertir a Europa, discípulos de Tolstoi y de otras muchas tendencias. Los que formábamos el círculo más íntimo y estrecho oíamos estas doctrinas sin ver en ellas más que símbolos. Nosotros, los marcados, no teníamos por qué preocuparnos de la estructura del porvenir. Toda confesión, toda doctrina salvadora, nos parecía muerta e inútil desde un principio. Para nosotros no había más que un deber y un destino: llegar a ser cada uno perfectamente fieles a sí mismos, conformarse tan por entero a la semilla de la naturaleza activa y vivir tan entregados a su voluntad, que el futuro incierto nos encontrase prontos a todo lo que consigo pudiese traer.

Pues todos, confesándolo o no, sentíamos cercano y perceptible ya un ocaso de lo actual y una nueva aurora. Demian me decía a veces:

No es posible imaginar lo que vendrá. El alma de Europa es un animal que ha permanecido mucho tiempo encadenado. Cuando recobre la libertad no es de esperar que sus primeros impulsos sean muy amables. Pero ni los caminos ni los rodeos importan si al fin ha de surgir a la luz la verdadera necesidad del alma, adormecida y engañada durante tanto tiempo. Y este día será el nuestro, será el día en que se nos necesitará. Pero no como guías ni como legisladores —ninguno de nosotros alcanzará a ver las nuevas leyes—, sino como voluntarios, como hombres dispuestos siempre a acudir donde el destino los llame. Todos los hombres están prontos a hacer lo increíble cuando sus ideales peligran; pero cuando se anuncia un nuevo ideal, un nuevo impulso de crecimiento, inquietante y quizá peligroso, todos hurtan el cuerpo. Nosotros seremos entonces de los pocos que acudan y avancen sin temor. Para ello llevamos la señal, como Caín la llevaba para despertar miedo y odio y arrancar a la humanidad de entonces de un angosto idilio, conduciéndola a dilatados horizontes peligrosos. Todos los hombres que han actuado sobre la marcha de la humanidad, todos ellos, sin excepción ni diferencia, han podido hacerlo porque estaban dispuestos a aceptar el destino. Lo mismo Moisés que Buda, Napoleón o Bismarck. Nadie puede elegir la onda a la que ha de obedecer ni el polo desde el cual ha de ser regido. Si Bismarck hubiese comprendido a los socialdemócratas y hubiese acogido sus inspiraciones, hubiera sido un político prudente, pero no un hombre del destino. Y lo mismo pasó con Napoleón, con César, con Ignacio de Loyola, con todos ellos. Estas cosas deben pensarse siempre desde el punto de vista biológico y evolutivo. Cuando las trasformaciones de la corteza terrestre arrojaron a tierra animales acuáticos y a los mares animales terrestres, fueron los ejemplares prontos a todo destino los que realizaron lo nuevo e inaudito y pudieron salvar su especie con nuevas adaptaciones. No sabemos si tales ejemplares fueron los que antes sobresalían entre los de su especie como conservadores o, por lo contrario, como originales y revolucionarios. Estaban prontos y pudieron salvar así a su especie a través de nuevas evoluciones. Eso sí lo sabemos y por ello queremos estar preparados.

A estas conversaciones asistía muchas veces Eva, pero no tomaba parte activa en ellas. Para cada uno de nosotros era, cuando así exteriorizábamos nuestros pensamientos, un oído atento y un eco lleno de confianza y de comprensión. Parecía que todas nuestras ideas emanaban de ella y a ella volvían. Sentirme cerca de ella, oír de cuando en cuando su voz y participar del ambiente de madurez y espiritualidad que la rodeaba, era para mí la felicidad.

Apenas se iniciaba en mí una modificación cualquiera, una alteración o una renovación, era ella la primera en advertirlo. Mis sueños nocturnos me parecían ahora inspiraciones suyas. Muchas veces se los relataba, y siempre le eran transparentes y comprensibles, sin que hubiera en ellos singularidad alguna que ella no pudiera seguir con clara intuición. Durante todo un periodo tuve sueños que eran siempre como ecos de nuestras conversaciones del día. Soñaba que el mundo entero ardía en rebelión y que yo esperaba —solo o con Demian— la llamada del gran destino. El destino permanecía velado, pero mostraba en algún modo los rasgos de Eva. Ser elegido o rechazado por ella: tal era el destino.

A veces me decía sonriendo: "No es ese todo su sueño, Sinclair. Ha olvidado usted lo mejor..." Y, en efecto, solía recordar entonces nuevos fragmentos de mi sueño, sin acertar a explicarme cómo podía haberlos olvidado.

En ocasiones, me sentía descontento y atormentado de deseos. Creía no poder soportar ya por más tiempo tenerla a mi lado sin estrecharla entre mis brazos. También esto lo advirtió ella enseguida, y al verme llegar una tarde a su casa, agitado y confuso, después de varios días de retraimiento, me llevó aparte y me dijo:

No debe usted entregarse a deseos en los que no cree. Sé lo que usted desea. Tiene usted que abandonarlos o desearlos de verdad y por entero. Cuando llegue usted a pedir llevando en sí la plena seguridad de lograr su deseo, la demanda y la satisfacción coincidirán en un solo instante.

Pero usted desea y se reprocha, temeroso, sus deseos. Tiene usted que dominar todo eso. Voy a contarle una anécdota...

Y me contó de un adolescente que estaba enamorado de una estrella. A la orilla del mar extendía los brazos hacia ella, la adoraba, soñaba con ella y le dedicaba todos sus pensamientos. Pero sabía, o creía saber, que un hombre no puede enlazar con sus brazos una estrella. Imaginaba que su destino era amarla siempre sin esperanza y construyó sobre esta idea toda una vida de renunciamiento y dolor, callado y fiel, que habría de purificarle y ennoblecerle. Una noche se hallaba sentado de nuevo junto al mar, sobre un acantilado, contemplando a su amada y ardiendo en amor por ella. Y en un instante de profundo anhelo saltó al vacío, hacia la estrella. Pero todavía entonces pensó en la imposibilidad de alcanzarla y cayó, destrozándose contra las rocas. No sabía amar. Si en el momento de saltar hubiese tenido fuerza de alma suficiente para creer fija y seguramente en el logro de su deseo, hubiese volado cielo arriba a reunirse con su estrella.

"El amor no debe pedir —continuó—, ni exigir tampoco. Ha de tener la fuerza de llegar en sí mismo a la certeza, y entonces atrae ya en lugar de ser atraído. Sinclair, su amor es ahora atraído por mí. Cuando llegue a atraerme, entonces acudiré. No quiero hacer un regalo, quiero ser ganada".

Tiempo después, me contó otra historia: érase un hombre que amaba sin esperanza. Se había encerrado por entero dentro de sí e imaginaba irse consumiendo en la llama de su amor. El mundo desapareció para él. No veía el cielo azul ni el bosque verde; no oía el murmullo del arroyo ni los sones del arpa; todo en derredor suyo se había desvanecido, dejándole abandonado y miserable. Su amor creció, sin embargo, de tal suerte, que prefirió consumirse y morir en su hoguera antes que renunciar a la posesión de aquella mujer. Y entonces sintió que su amor devoraba todo lo que en él había distinto, se hacía poderoso e imponía a la amada lejana su imperiosa atracción, haciéndola acudir a su lado. Pero cuando abrió los brazos para recibirla en ellos, la advirtió trasformada y vio y sintió, sobrecogido, que había atraído hacia sí todo el mundo perdido. Estaba allí, ante él, y se le daba por entero; cielo, bosque y arroyo volvían a él con nuevos colores, llenos de vida y de luz, le pertenecían y hablaban su lenguaje. Y, en lugar de ganar tan sólo una mujer, tenía el mundo entero en su corazón y cada una de las estrellas del cielo resplandecía en él e irradiaba placer por toda su alma... Había amado, y amando se había encontrado a sí mismo: pero la mayoría de los hombres aman para perderse en su amor.

Mi amor hacia Eva me parecía ser el único contenido de mi vida. Pero cada día era distinto. A veces, creía sentir claramente que no era a su persona a lo que mi ser aspiraba, atraído, no siendo aquélla más que un símbolo de mi propio interior, que sólo tendía a conducirme más profundamente dentro de mí mismo. Con frecuencia le oía cosas que me sonaban como respuestas de mi inconsciente a espinosas interrogaciones en mí surgidas. Luego había instantes en los que ardía de nuevo en deseos sensuales a su lado y besaba los objetos que ella había tocado. Más tarde, el amor sensual y el espiritual, la realidad y el símbolo, fueron confundiéndose y fundiéndose en un todo. Me sucedía entonces ponerme a pensar en ella, en la tranquila intimidad de mi habitación de estudiante, y sentir entre tanto su mano en la mía y sus labios sobre los míos. O estar a su lado, contemplar su rostro, hablarle y oírla hablar y no saber fijamente, sin embargo, si su presencia era real y no soñada. Comencé a vislumbrar cómo un amor podía ser perdurable e inmortal. Al descubrir en la lectura de un libro una nueva idea, era como si Eva me hubiese besado, y cuando ella pasaba su mano sobre mis cabellos e irradiaba hacia mí, en una sonrisa, el maduro aroma de su calor, era como si hubiese realizado dentro de mí un magno progreso espiritual. Todo lo que me era importante, todo lo que para mí era destino, podía tomar su figura. Podía transformarse en cada uno de mis pensamientos y cada uno de mis pensamientos en ella.

Suponiendo un tormento permanecer alejado quince días de Eva, había visto con temor la llegada de las vacaciones de Navidad, que debía pasar con mis padres. Pero no fue un tormento, sino una delicia, sentirme en mi casa, entre los míos, y pensar en ella. Al regresar a H. permanecí aún dos días sin ir a verla, para gozar de esta seguridad y de esta independencia de su presencia sensible. Tuve también sueños en los que mi unión con ella se cumplía en nuevas formas simbólicas. Ella era un mar y yo un río que en él desembocaba. Era una estrella y yo otra que iba hacia ella. Nos encontrábamos y nos sentíamos mutuamente atraídos, permanecíamos juntos y girábamos dichosos por toda la eternidad en próximos círculos vibrantes, uno alrededor de otro.

La primera vez que fui a verla, después de las vacaciones, conté a Eva este sueño.

—Un bello sueño, Sinclair —me dijo—. Hágalo usted verdad.

Próxima ya la primavera, hubo un día que jamás olvidaré. Llegué a casa de Max en las primeras horas de la tarde. Una de las ventanas de la entrada estaba abierta, y la brisa tibia arrastraba por la estancia el denso perfume de los jacintos. No viendo a nadie, subí al estudio de Max. Llamé ligeramente y entré sin esperar respuesta, como tantas otras veces.

La habitación estaba oscura, corridas todas las cortinas. La puerta de un cuartito en el que Max había instalado un laboratorio químico se abría al fondo y por ella penetraba la blanca luz del sol primaveral velado por nubes de lluvia. Creyéndome solo en la habitación, descorrí una de las cortinas.

Cerca de la otra ventana, acurrucado en una silla y singularmente cambiado, estaba Max Demian. La sensación de haber vivido ya otra vez aquel instante me recorrió como un rayo. Demian permanecía inmóvil, laxos los brazos y caídas las manos sobre los muslos. Inclinado hacia adelante, miraba sin ver, con ojos muy abiertos, ciegos e inanimados, en cuya pupila relucía, muerto, un reflejo de luz, duro y frío, como en un trozo de cristal. Su rostro, pálido y ensimismado, no mostraba más expresión que una terrible rigidez, semejante a una antiquísima carátula zoomórfica del pórtico de un templo. Parecía no respirar.

La violenta precisión del recuerdo me estremeció todo. Así, exactamente así, lo había visto ya otra vez, cuando era todavía casi un niño, con la mirada vuelta hacia no sé qué visión interior y las manos caídas e inertes. Una mosca se le había paseado por la cara. Y su aspecto de entonces, seis años atrás, había sido exactamente el de ahora, exactamente tan joven o tan viejo, ajeno por completo al tiempo. Ni un solo rasgo de su cara era hoy distinto.

Sobrecogido por un repentino miedo, salí del cuarto y bajé la escalera. En la entrada hallé a Eva. Estaba pálida y parecía fatigada, como jamás la había visto; una sombra penetraba por la ventana. El resplandor blanco y crudo del sol había desaparecido de pronto.

—He visto a Max —murmuré agitado—. ¿Ha sucedido algo? Duerme o está ensimismado, no lo sé. Ya otra vez le vi así, hace tiempo.

—¿No le habrá usted despertado? —preguntó rápida.

—No, no me ha oído. He salido enseguida de su cuarto. Pero dígame usted, Eva, ¿qué le ocurre?

Eva se pasó el dorso de la mano por la frente.

—Tranquilícese usted, Sinclair; no le sucede nada. Está simplemente abstraído. No tardará en volver en sí.

Se levantó y salió al jardín, aunque empezaba a llover. Sentí que no debía acompañarla. Anduve de un lado a otro de la habitación, en medio del enervante aroma de los jacintos; contemplé mi dibujo con el pájaro, encima de la puerta, y respiré, oprimido, la extraña sombra que aquel día llenaba la casa. ¿Qué significaba todo esto? ¿Qué había pasado?

A poco volvió Eva. Sobre sus oscuros cabellos brillaban gotas de lluvia. Se sentó en un sillón con aire fatigado. Me acerqué e inclinándome sobre ella besé las gotas de lluvia prendidas en su pelo. Sus ojos permanecían claros y serenos, pero aquellas gotas me supieron a lágrimas,

—¿Quiere usted que suba otra vez al lado de Max? —murmuré.

Sonrío débilmente.

—¡Parece criatura, Sinclair! —advirtió en voz alta, como para romper un sortilegio que la rodeara—. Váyase ahora y vuelva más tarde. No puedo hablar con usted ahora.

Salí y huí de la casa y de la ciudad, hacia las montañas. La fina lluvia oblicua caía silenciosa y las nubes volaban bajas y como atemorizadas bajo una poderosa presión. Abajo, a ras de tierra, apenas corría el viento que en cambio parecía reinar, tempestuoso, en las alturas. Por entre el acero gris de las nubes rompía de cuando en cuando, un instante, el resplandor solar, pálido y crudo.

De pronto, cruzó rápida el cielo una aislada nube amarilla, que fue a tropezar contra el tormentoso muro gris, y el viento formó en pocos segundos, con el amarillo y el azul, una singular figura, un ave gigantesca que se destacó de la azul confusión y desapareció con poderosos aletazos cielo arriba. La tormenta comenzó ya a descargar su furia y la lluvia cayó a torrentes, mezclada con granizo. Sobre la campiña fustigada resonó con temeroso estampido un trueno breve y seco, singularmente irreal. Al instante volvió a romper el sol un segundo por entre las nubes, y sobre las montañas próximas, por encima del bosque oscuro, relució, muerta e irreal, la nieve pálida.

Cuando regresé, mojado y sin aliento, me abrió la puerta el mismo Demian.

Subí con él a su cuarto. En el laboratorio lucía un mechero de gas y en derredor suyo había varios papeles. Parecía haber estado trabajando.

—Siéntate —me dijo—. Estarás cansado. Hace un tiempo de perros y se ve que has estado vagando por ahí. Enseguida traerán el té.

—Algo extraño pasa hoy —comencé vacilante—. No puede ser sólo la tormenta.

Me miró penetrantemente:

—¿Has visto algo?

—Sí. Durante unos segundos he visto claramente en las nubes una figura.

—¿Qué figura?

—Un pájaro.

—¿El gavilán? ¿El pájaro de tu sueño?

—Sí. Mi gavilán. Amarillo y gigantesco voló adentrándose en el cielo azul oscuro.

Demian respiró profundamente.

Llamaron a la puerta. La vieja criada trajo el té.

—Sírvete, Sinclair... ¿No habrá sido una casualidad?

—No, Demian. Esas cosas no se ven nunca por casualidad.

—Tienes razón. Ha de significar algo. ¿Sabes qué?

—No. Siento tan sólo que significa una conmoción, un paso en el destino. Creo que nos atañe a todos.

Demian paseó agitado de un lado a otro:

—¡Un paso en el destino! —exclamó con fuerza—. Lo mismo he soñado yo esta noche, y mi madre tuvo ayer un presagio idéntico. Yo he soñado que subía por una escala a lo alto de un árbol o de una torre, y al llegar arriba, veía todo el país en llamas, una gran llanura sembrada de aldeas y ciudades incendiadas. No puedo todavía contarte todo mi sueño. No lo veo aún todo claro.

—¿Crees que tiene relación contigo? —pregunté.

—¿Conmigo? Naturalmente. Nadie sueña cosas que no se refieran a él. Pero tienes razón en cierto modo. No se refiere exclusivamente a mi persona. Distingo bastante bien, los sueños que me muestran impulsos de mi propia alma, de aquellos otros, nada frecuentes, en los que se anuncia el destino de la humanidad entera. Sólo muy raras veces he tenido sueños de esta especie, y nunca alguno del que pueda decir que fue una profecía que hubo de cumplirse. La interpretación es siempre incierta. Pero lo que sí sé fijamente es que he soñado algo que no se refiere tan sólo a mí mismo. Mi sueño da continuidad a otros anteriores, en los que vi los presagios de que ya te he hablado. El que nuestro mundo esté carcomido no sería razón suficiente para profetizar su ruina o algo semejante. Pero desde hace ya varios años vengo teniendo sueños de los cuales deduzco que se acerca el derrumbamiento de un mundo viejo. Al principio, fueron vislumbres muy lejanas y débiles, pero luego se han hecho cada vez más precisas y fuertes.

Todavía no sé más que una cosa: que se aproxima algo grande y terrible para mí. Sinclair, vamos a vivir aquello de que tantas veces hemos hablado. El mundo quiere renovarse. Hay un olor de muerte. Nada nuevo surge sin la muerte. Es más terrible de lo que yo pensaba.

Sobrecogido, le miré fijamente:

—¿No puedes contarme el resto de tu sueño? —rogué con timidez—. Tuvo un enérgico ademán negativo:

—No.

La puerta se abrió y entró Eva:

—¿Aún aquí, criaturas? ¿Están tristes?

Toda expresión de fatiga había desaparecido de su rostro. Demian la miró sonriendo. Venía a nosotros como la madre que acude a tranquilizar a sus hijos asustados.

—Tristes no, madre. Hemos meditado un poco sobre estos nuevos signos. Pero no tienen por qué preocuparnos. Lo que ha de venir surgirá de pronto ante nosotros y entonces sabremos lo que necesitemos saber.

Sin embargo, mi ánimo se inquietó, y cuando me despedí y atravesé solo la entrada, encontré que los jacintos exhalaban un olor marchito, soso y fúnebre. Una sombra había caído sobre nosotros.

Capítulo VIII
El principio del fin

Había conseguido que se me permitiera permanecer en los cursos de verano. Pasábamos el día fuera de la casa, en el jardín, junto al río. El japonés había partido, después de quedar vencido en su pugilato con Demian según todas las reglas del arte. También el discípulo de Tolstoi nos había dejado. Demian salía a caballo todos los días y yo pasaba largos ratos a solas con su madre.

A veces me maravillaba la apacible serenidad en que mi vida trascurría. Tenía ya tan larga costumbre de hallarme solitario, renunciar a todo y vagar de un lado a otro con mis tormentos, que estos meses pasados en H. me parecían como una isla ensoñada en la que me era permitido vivir tranquilo y encantado, rodeado tan sólo de objetos y sentimientos agradables. Vislumbraba en esta vida una anticipación de aquella comunidad superior que imaginábamos. Pero en medio de esta serena felicidad me invadía, de cuando en cuando, una profunda tristeza, pues sabía muy bien que no podía durar mucho. Mi destino no era vivir en paz y en la abundancia, sino en la privación y el tormento. Sentía que algún día habría de despertar de aquellas gratas imágenes de amor y encontrarme de nuevo solo, totalmente aislado en el mundo frío de los demás, donde no había para mí sino soledad o lucha y no paz y comunidad.

En estos periodos de tristeza respiraba con más ansiosa ternura la proximidad de Eva, gozoso de que mi destino mostrase aún sus bellos rasgos serenos.

Los días estivales pasaron rápidos y fáciles. El curso de verano tocaba a su fin. La despedida se acercaba, pero no debía pensar en ella y no pensaba, sino que permanecía fijo en aquellos hermosos días, como la mariposa en la flor azucarada. Aquella había sido mi época feliz, la primera satisfacción de mi vida y mi acogida en la alianza; ¿qué vendría después? Volvería a tener que luchar por abrirme paso, a sufrir nostalgia, a tener sueños y a estar solo.

Este presentimiento me invadió un día con tal fuerza que mi amor hacia Eva ardió de repente en una dolorosa llamarada. Pronto dejaría de verla ya, no escucharía su paso firme y bueno a través de la casa ni encontraría sus flores sobre mi mesa. ¿Y qué había alcanzado? Había soñado y me había mecido en dulce calma, en lugar de ganarla, en lugar de luchar por ella y arrastrarla a mi lado para siempre. Recordé todo lo que me había dicho sobre el amor verdadero, palabras de sutil consejo, palabras de latente atracción, quizá promesas. ¿Qué había hecho yo de todo ello? Nada, Absolutamente nada.

De pie, en medio de mi habitación, concentré con máximo esfuerzo toda mi conciencia y pensé en Eva. Quería orientar hacia ella todas las energías de mi alma para hacerla sentir mi amor y atraerla a mi lado. Tenía que acudir en busca de mis brazos, y mis besos habían de ahondar insaciables en sus maduros labios de amor.

Largo rato permanecí así, en máxima tensión. Un frío sutil comenzó a penetrarme, partiendo de las puntas de los dedos. Sentía cómo de mí emanaba fuerza. Por algunos momentos se formó dentro de mí, firme y compacto, algo claro y frío; durante un instante tuve la sensación de llevar en mi corazón un cristal, sabía que aquello era mi yo. El frío me subió hasta el pecho.

Al despertar de esta terrible tensión sentí que algo venía hacia mí. Estaba mortalmente agotado, pero pronto creí ver entrar a Eva en la habitación, radiante, como cercada por una hoguera.

El duro galopar de un caballo resonó lejano, al extremo de la larga calle, y fue acercándose rápido hasta detenerse ante mi puerta. Salté a la ventana y vi desmontar a Demian. En el acto corrí a su encuentro escaleras abajo.

—¿Qué pasa, Demian? ¿Le ha sucedido algo a tu madre?

No escuchó mis palabras. Venía pálido y el sudor le corría a ambos lados de la frente y resbalaba por las mejillas. Ató las riendas de su caballo a la verja del jardín, me tomó del brazo y echó a andar conmigo calle abajo.

—¿Sabes ya algo?

No sabía nada.

Demian me apretó el brazo y volvió la cara hacia mí con singular mirada oscura y compasiva.

—Ahora va en serio, mi estimado. Ya sabías el mal cariz que iban tomando nuestras relaciones con Rusia...

—¡Cómo! ¿La guerra? Nunca creí en ella.

Hablaba en voz baja, aunque no se veía a nadie en toda la calle.

—Oficialmente no ha sido aún declarada. Pero es inevitable. Puedes estar seguro. No he querido volver a hablarte de ello; pero, después de nuestra conversación, he visto por lo menos tres veces signos premonitorios cada vez más claros. Lo que se anunciaba no era, pues, el fin del mundo, ni un terremoto, ni una revolución. Era la guerra. La gente la recibirá con alegría. Ya hay muchos que esperan impacientes la explosión ¡Tan insípida se les ha hecho la vida! Y esto es sólo un comienzo, Sinclair. Será quizá una gran guerra, una guerra monstruosa. Pero, con todo, tampoco será más que un comienzo. Lo nuevo se inicia y ha de ser terrible para aquellos que permanecen ligados a lo antiguo. ¿Qué vas a hacer tú?

Me sentía confuso. Todo aquello me parecía tan extraño e inverosímil:

—No lo sé. ¿Y tú?

Se encogió de hombros:

—En cuanto se ordene la movilización habré de incorporarme. Soy oficial.

—¿Tú? No sabía nada.

—Sí, me he adiestrado en ello. Dentro de ocho días estaré en el frente.

—¡Dios mío!

—¡Ah! Supongo que no vas a ponerte sentimental. Claro está que, en el fondo, no ha de serme agradable mandar hacer fuego sobre otros hombres. Pero eso es secundario. Más tarde o más temprano, todos nosotros hemos de entrar en la gran rueda. También tú serás llamado a filas.

—¿Y tu madre, Demian?

Sólo ahora volvía a mi pensamiento lo que había sido mi obsesión un cuarto de hora antes. ¡Cómo se había trasformado el mundo! En el momento en que había concentrado todas mis fuerzas para conjurar la imagen más dulce y amada, el destino me mostraba un rostro nuevo, una terrible máscara amenazadora.

—¿Mi madre? No tiene por qué preocuparnos. Está segura. Más segura que nadie hoy en el mundo... ¿Tanto la amas?

—¿Lo sabías, Demian?

Rió claro y franco:

—¡Amigo! Naturalmente que lo sabía. Nadie ha llamado a mi madre por su nombre, nadie le ha dicho Eva sin amarla. Pero, dime, ¿qué ha pasado hoy? La has llamado, ¿no? ¿O fue a mí?

—Sí. He llamado... Llamaba a Eva.

—Lo ha sentido. De repente me envió a tu lado. Acababa de darle las noticias de Rusia.

Regresamos hacia casa sin hablar mucho más. Demian desató su caballo y montó en él.

Arriba, en mi cuarto, sentí ya cuán agotado estaba. Por las noticias de Demian y mucho más, por la enorme tensión anterior. ¡Pero Eva me había oído! Mis pensamientos habían llegado hasta su corazón. Hubiera acudido a mí, a no ser... ¡Qué extraño todo esto, y qué bello en el fondo! Ahora ya podía venir la guerra. Ya podía comenzar a suceder aquello de que tantas veces habíamos hablado. Demian lo había presagiado. La corriente del mundo no iba ya a pasar de largo a nuestro lado, sino directamente, a través de nuestros corazones; la aventura y los más violentos destinos nos llamaban, y se acercaba el momento en que el mundo quería transformarse y nos necesitaba. Demian tenía razón: no había por qué ponerse sentimental. Pero resultaba harto singular que algo tan solo y aislado como el "destino" hubiera de convivirlo con tantos otros, con el mundo entero.

Estaba listo. Cuando, al atardecer, salí por la ciudad, reinaba en ella máxima agitación. La palabra "guerra" sonaba en todas partes.

Fui a casa de Eva y cenamos en el jardín. Era yo el único invitado. Nadie habló de la guerra. Sólo ya muy tarde, poco antes de retirarme, dijo Eva:

—Querido Sinclair, hoy me ha llamado usted. Ya sabe por qué no acudí yo misma. Pero no lo olvide: ahora conoce usted la llamada y, siempre que necesite a alguien que lleve la señal, llame usted de nuevo.

Se levantó y echó a andar delante de nosotros, a través del jardín oscuro. Enigmática imagen, marchaba majestuosa y arrogante entre los árboles callados; sobre su cabeza ardían, pequeñas y delicadas, las muchas estrellas.

Llego ya al final. Las cosas siguieron rápidas su camino. Estalló la guerra y Demian partió, singularmente cambiado, dentro de su uniforme y su capote gris. Al regreso acompañé a su madre hasta la casa. También yo me despedí de ella al poco tiempo. Me besó en la boca y me retuvo un instante contra su pecho, mientras sus grandes ojos ardían fijos y cercanos en los míos.

Todos los hombres aparecían hermanados. Pensaban en la patria y en el honor. Pero era el destino lo que se les mostraba, por un momento, cara a cara y sin velo alguno. Millares de hombres jóvenes salían de los cuarteles y subían a los trenes, y en muchos rostros vi una señal —no la nuestra—, una señal bella y noble, que significaba amor y muerte. También yo fui abrazado por hombres que nunca había visto, y les comprendí y les correspondí gustoso. Lo que los impulsaba era una embriaguez, y no la aceptación del destino; pero su embriaguez era sagrada y provenía de aquel instante en que les había sido dado contemplar al destino cara a cara.

Hasta los últimos días de otoño no fui enviado al frente.

Al principio, y a pesar de las sensaciones del combate, me sentí defraudado. Antes me había preguntado muchas veces cómo eran tan pocos los hombres que conseguían vivir para un ideal. Ahora advertía que todos los hombres son capaces de morir por un ideal. Pero no ha de ser un ideal suyo, libremente elegido, sino un ideal común y trasmitido por generaciones.

Sin embargo, al cabo de algún tiempo, hube de confesarme que había estimado a los hombres en menos de lo que realmente valían. A pesar de la uniformidad que les imprimían el servicio militar y el peligro común, vi a muchos acercarse arrogantemente a la voluntad del destino, en plena vida o a punto de morir. Muchos mostraban en todo momento y no sólo en el del ataque, aquella mirada firme, lejana y enajenada que no sabe de fin ninguno y supone una completa entrega a lo monstruoso. Cualesquiera que fuesen sus ideas y opiniones, aquellos hombres estaban dispuestos a lo que fuera, eran aprovechables y podrían servir para conformar el futuro. No importaba que el mundo pareciera seguir obstinadamente fijo en sus antiguos ideales, en su concepto tradicional de la guerra, el heroísmo y el honor, y que toda voz de verdadera humanidad sonara más lejana e irreal que nunca. Todo esto era tan sólo superficie, lo mismo que los fines exteriores y políticos de la guerra. Bajo ella, en lo hondo, se formaba algo nuevo. Algo como una nueva humanidad. Pues había muchos hombres —alguno de ellos murió a mi lado— para quienes era ya evidente que el odio y el furor, la matanza y la destrucción, no se hallaban ligados a los objetos. No; los objetos, lo mismo que los fines, eran puramente casuales. Los sentimientos primordiales, incluso los más violentos, no iban contra el enemigo, su obra sangrienta era tan sólo una irradiación de lo interno, del alma disociada y dividida, que quería enfurecerse y matar, aniquilar y morir, para nacer de nuevo. Un ave gigantesca rompía el cascarón. El cascarón era el mundo, y éste mundo había de caer hecho pedazos.

 En una noche de primavera estaba yo de centinela delante de la granja que aquel día habíamos ocupado. Un vientecillo sutil soplaba en ráfagas caprichosas, y sobre el alto cielo de Flandes cabalgaban ejércitos de nubes, detrás de las cuales resplandecía indefinida una sospecha de luna. Durante todo el día me había sentido ya inquieto; una preocupación indeterminada me agitaba. Ahora, en mi oscuro puesto, pensaba con fervor en las imágenes de mi vida pasada, en Eva y en Demian. Apoyado en el tronco de un álamo, contemplaba fijamente el cielo movido, cuyos resplandores, secretamente palpitantes, se convirtieron pronto en un amplio flujo, serie de imágenes. En la debilidad singular de mis pulsaciones, en la insensibilidad de mi piel para el viento y la lluvia, y en la vibrante vigilia interior sentí que en torno mío había un guía.

 En las nubes se veía una gran ciudad, de la que fluían millones de hombres, que se desparramaban en enjambres por amplios paisajes.

En medio de ellos marchaba una poderosa divinidad, sembrada de chispeantes estrellas el cabello y grande como una montaña. Su rostro era el de Eva. En ella entraron los grupos de hombres como en una caverna gigantesca y desaparecieron. La diosa se sentó en el suelo. En su frente resplandecía la señal. Parecía sufrir el imperio de un sueño, cerró los ojos y su amplio rostro se contrajo en un gesto de dolor. De repente, lanzó un grito agudo y de su frente saltaron estrellas, muchas, miles de estrellas resplandecientes, que volaron por el cielo negro en magníficas curvas.

Una de las estrellas venía, con vibrante cántico, hacia mí. Parecía buscarme... De pronto, explotó con estruendo en millares de chispas, me elevó en los aires y me arrojó de nuevo al suelo, mientras el mundo se desplomaba estrepitosamente sobre mí.

Me encontraron cerca del álamo cubierto de tierra y con muchas heridas. Estaba tendido en una cueva. Los cañones tronaban sobre mí. Estaba tendido en un coche, que brincaba a través de campos vacíos. La mayor parte del tiempo dormía o yacía sin conocimiento. Pero mientras más profundo era mi sueño más violentamente me sentía atraído por algo exterior. Obedecía a una fuerza que era dueña de mí.

Estaba tendido en un establo, sobre la paja, en la más negra oscuridad. Alguien me había pisado una mano. Pero mi interior quería seguir adelante, una fuerza imperiosa me atraía fuera de allí. De nuevo viajé tendido en un coche y luego en una camilla o sobre una escalera y cada vez me sentía más imperiosamente llamado a algún lugar. Sólo sentía la necesidad de llegar, por fin, a éste.

Llegué a la meta. Era de noche. Conservaba todo mi conocimiento y todavía, unos minutos antes, había sentido en mí, poderosamente, la atracción y el impulso. Estaba ahora en una sala, tendido sobre un colchón, en el suelo, y sabía que me encontraba ya en el lugar al que había sido llamado. Miré en derredor mío. Junto a mi colchón había otro y sobre él yacía alguien que se inclinó para mirarme. Llevaba la señal en la frente. Era Max Demian.

No pude hablar. Tampoco él podía. O no quería. Sólo me miraba. La luz de una lámpara de la pared daba sobre su cara. Me sonrió.

Largo rato estuvo mirándome fijamente a los ojos. Poco a poco fue acercando su cara a la mía, hasta casi tocarnos.

—¡Sinclair! —murmuró.
Con los ojos le di a entender que le oía.
Sonrió de nuevo, casi compasivo:
—¡Sinclair! ¡Amigo! —dijo sonriendo.
Su boca estaba ahora muy cerca de la mía. Siguió hablando en voz baja.
—¿Te acuerdas de Franz Kromer?
Asentí y pude también sonreír.
—Sinclair, hermano, óyeme bien, amigo. He de partir. Quizá alguna vez vuelvas a necesitarme contra Kromer o contra otro cualquiera. Cuando entonces me llames, no vendré ya tan toscamente a caballo o en tren. Tendrás que escuchar en ti mismo y entonces advertirás que yo estoy dentro de ti. ¿Comprendes? Otra cosa: Eva me dijo que, si alguna vez te iba mal, te diera el beso que ella me dio al partir... Cierra los ojos, Sinclair.

Obediente, cerré los ojos y sentí un leve beso en los labios, sobre los cuales tenía siempre un poco de sangre, que no quería disminuir. Luego me dormí.

Por la mañana me despertaron para la revisión médica. Cuando desperté del todo me volví rápidamente hacia el colchón vecino. Sobre él yacía un desconocido, al que jamás había visto.

La curación me hizo daño. Todo lo que después me ha sucedido me ha hecho daño. Pero cuando alguna vez encuentro la llave y desciendo a mí mismo, allí donde, en un oscuro espejo, dormitan las imágenes del destino, me basta inclinarme sobre su negra superficie acerada, para ver en él mi propia imagen, semejante ya en un todo a él, a él, mi amigo y mi guía.

Impreso en Litográfica Ingramex, S.A. de C.V.
Centeno 162-1, Col. Granjas Esmeralda,
C.P. 09810, Ciudad de México.